Silke Lüttmann

Labrador Siley
ermittelt

AF210147

Tod

in

Holtgast

Ammerland-Krimi

Für
Cairo & Siley

Die Autorin:

Geboren 1971, aufgewachsen in Bad Zwischenahn und nach dem Abitur lange Jahre als Fitnessfachwirt tätig gewesen.

Sie lebt mit einem Hund glücklich im schönen Ammerland und träumt von einem Resthof, auf dem sie Schafe und noch mehr Hunde halten kann.

© 2024 Silke Lüttmann
Herstellung und Verlag: BoD – Books on Demand, Norderstedt
ISBN: 9783757889357

Rechtschreibfehler sind bestimmt zu finden, so gut auch
gegengelesen wurde, diese dürfen behalten werden.

Veränderungen von örtlichen Gegebenheiten sind als künstlerische
Freiheit zu betrachten. Es handelt sich nicht im einen Reiseführer,
sondern um eine fiktive Handlung, bei der auch alle genannten
Personen rein fiktiv sind.
Lediglich Labrador Siley und sein Frauchen sind reale Lebewesen.

Prolog

Mein Name ist Siley, ich bin von blauem Blut. Ich lebe mit meinem Frauchen Silke auf einem Resthof, auf dem noch sieben Schafe und einige Hühner und Wachteln wohnen. Silke kümmert sich fürsorglich um alle Tiere, doch am liebevollsten geht sie mit mir um. Wir machen Ausflüge und Silke tobt dann mit mir herum.

An diesem Tag waren wir in Detern gewesen. Am Schöpfwerk hatte Silke den Wagen geparkt und wir waren die Runde über die kleine Brücke gelaufen. Unterwegs hatte sie für mich Bälle geworfen, die ich voller Freude am Apportieren mit fliegenden Ohren wiedergeholt und zu Silke zurückgebracht hatte.

Hätte ich gewusst, was uns an diesem Tag bevorstand, hätte ich Silke sicherlich versucht, von diesem Ausflug abzuhalten, denn wir wurden in eine Sache hineingezogen, die mir nicht gefallen hat.

1

Der Ball flog im hohen Bogen auf die Wiese. Ich winselte ungeduldig, ihm nachjagen zu wollen, doch Silke sagte „Bleib." und ich harrte aufgeregt aus und verfolgte den Ball mit den Augen, wo er niederfallen würde. „Komm.", sagte Silke und sie drehte sich zum Gehen weg. Ich blickte noch einige Male zu der Stelle, wo der Ball lag, folgte Silke dann aber brav. Am Wegesrand fanden sich interessante Gerüche, die mich vom Ball ablenkten und denen ich gute hundert Meter folgte. Silke stoppte. „Siley.", sie hob den Finger, „Sitz", gebot sie mir. Ich tat, wie geheißen, denn ich wusste, was nun kommen würde. Mit einer ausholenden Bewegung sagte Silke, „Lauf, such verloren!" Ich sprang auf und rannte wie vom Blitz getroffen los. Mein Weg führte zurück zu der Wiese, auf der der Ball noch immer lag. Mit weit ausholenden Schritten galoppierte ich den Weg hoch und bog galant in die Wiese ab. Zielstrebig lief ich auf die Stelle zu, wo der Ball im hohen Gras versteckt lag. Fast wäre ich an ihm vorbeigelaufen, doch meine Nase führte mich nach einem ganz kurzen Schlenker zu ihm. Ich hob ihn mit den Zähnen auf und rannte wieder aus der Wiese heraus. Silke stand noch an der Stelle, von wo aus sie mich losgeschickt hatte und wartete. Ich konnte sehen, dass sie mich mit leuchtenden Augen ansah. „Das machst du so super.", rief sie mir zu. Ich fiel vom Galopp in Trab, da ich aufgrund meines Alters nicht mehr so fit wie früher war. Silke hatte sich hingehockt und nahm mich in Empfang. Mit einem Leckerli lobte sie mich und wartete, bis ich mich wieder verpustet hatte. Dann gingen wir langsam weiter, bis wir die Runde beendet hatte.

Glücklich sprang ich in den Kofferraum. Mehrmals hatte ich den Ball apportieren dürfen und Silke hatte mir genügend Zeit gelassen, in meinem eigenen Tempo den Wegesrand mit der Nase zu erkunden. An der kleinen Brücke hatte ich kurz meinen Durst gestillt und freute mich nun auf meinen Kauknochen, den Silke mir versprochen hatte. „Dann wollen wir mal.", sie startete den Wagen und fuhr den holprigen Weg zur Straße hoch. Wir bogen rechtsherum ab und dann gab Silke etwas mehr Gas. „Du hast das wirklich toll gemacht. Danke, für den schönen Gang mit dir." Silke neigte dazu, mir zu danken, wenn wir einen entspannten Gang gemacht hatten.

Die lange Straße führte schnurgerade in Richtung Holtgast und Silke blickte immer wieder in den Rückspiegel. Vor uns fuhr ein Motorrad, das uns kurz vorher überholt hatte. Es hatte mächtig geknattert und Silke sah sich die Maschine lächelnd an. „Wenn ich dich nicht hätte, dann würde ich auch Motorrad fahren." Ich schaute Silke an, da ich einen Vorwurf darin zu hören meinte, doch ihre Augen waren nur voller Liebe und ich war beruhigt, Silke war lieber mit mir im Auto zusammen als allein auf einem Motorrad. Wieder sah Silke in den Rückspiegel. „Dann überhol doch einfach.", schimpfte sie. Ich blickte nach hinten und sah direkt auf die Motorhaube eines kleinen Kastenwagens, der extrem dicht auffuhr. „Endlich.", meinte Silke und sah nach links aus dem Fenster der Fahrertür, um herauszufinden, wer uns so dicht aufgefahren war. „So ein Spinner." Silke schüttelte den Kopf. „Und das Kennzeichen hat er auch verloren."

Ich sah durch die Kopfstützen nach vorn auf die Straße. Der weiße Kastenwagen mit den lustigen Blumen auf den Hintertüren hatte zwischen Silke und dem Motorrad wieder eingeschert. „Das kommt, wenn man kurz vor der Kurve erst ansetzt zum Überholen.", sagte Silke genervt und bremste etwas ab, um wieder ausreichend Abstand zu dem Kastenwagen zu bekommen. Nach der Linkskurve setzte der Kastenwagen wieder zum Überholen an. „Der will doch auf dem kurzen Stück den Motorradfahrer überholen? Hier ist

70km/h.", wunderte sich Silke, doch der Kastenwagen hatte genau dies vor. Er zog auf die linke Spur und war kurz vor der nächsten Rechtskurve auf Höhe des Motorrades. Der Biker schaute nach links, dann nach vorn. Er trat auf die Bremse, damit der Kastenwagen vor ihm einscheren konnte. Silke bremste ebenfalls wieder und schnaubte genervt, „Das kann doch sein."

Plötzlich zog der Kastenwagen stark nach rechts. Der Biker schlenkerte stark. „Wow.", rief Silke aus, „Spielt der mit seinem Handy?" Ich verfolgte das Geschehen mit großen Augen. Erneut zog der Kastenwagen nach rechts, so abrupt, dass der Biker nicht mehr ausweichen konnte. Silke gab Gas, um näher an den weißen Kastenwagen zu kommen. Dabei schlug sie immer wieder mit der Hand auf die Hupe. Das Motorrad wurde vom Kastenwagen in den Graben gedrückt. Der Biker konnte seine Maschine nicht mehr halten und stürzte. Silke trat mit beiden Füßen auf Bremse und Kupplung. „Festhalten!", rief sie mir zu, doch ich wurde bereits im Kofferraum herumgeschleudert. Sie hielt den Wagen rechts auf dem Radweg. Das Motorrad war nun nicht mehr zu sehen und auch der Biker war verschwunden. Der Kastenwagen hielt kurz an. „Du wartest hier.", rief Silke und riss die Fahrertür auf. Sie rannte zu der Stelle, wo das Motorrad im Graben verschwunden war. Dann wandte sie sich dem Kastenwagen zu, der den Motor aufheulen ließ und mit quietschenden Reifen davonfuhr. Silke riss die Arme hoch und brüllte ihm etwas hinterher, doch der Wagen fuhr davon. Suchend ging Silke die Berme entlang, sah zu unserem Auto herüber und zeigte nach unten. Sie schien den Biker gefunden zu haben und ich reckte den Hals, was sie tun würde. Silke kletterte die Böschung hinunter. Es dauerte nicht ganz lange, als sie wieder zu sehen war. Sie hatte die Hände auf dem Kopf und sah erschüttert aus. Ich bellte, denn ich wusste sofort, dass dem Biker etwas Schreckliches zugestoßen sein musste. Mein Bellen bewegte Silke dazu, zu unserem Auto zu kommen. Sie sah die Straße noch rauf und runter, doch außer uns war keiner mehr zu sehen.

Von der Beifahrerseite aus griff Silke sich ihr Smartphone. „Siley, das…", ihr fehlten sie Worte. Während Silke Marc vom Handy aus anrief, hatte sie mich aus dem Kofferraum geholt. „Warte, ich will dich anleinen." Silke hatte Mühe, mit den zitternden Fingern, den Karabinerhaken festzubekommen, doch dann liefen wir gemeinsam zur Unfallstelle zurück. „Du passt hier auf.", sagte Silke und begann dann, den Unfallort abzusichern. Sie brachte noch eine Warnweste für sich und auch eine für mich mit. Ich zog Silke langsam in Richtung Graben, um mir selbst ein Bild zu verschaffen.

Der Biker lag unter seiner schweren Maschine begraben. Sein Kopf hing unnatürlich zur Seite, von seinem Gesicht konnte ich wegen des Motorradhelms nichts erkennen. Die Lederkluft war vom Schlamm verschmiert und das Motorrad war ausgegangen. Silke hatte sich auf den Boden gesetzt und war blass im Gesicht. „Wenn der Kastenwagen uns von der Straße gedrängt hätte...", überlegte sie laut. Ich legte meinen Kopf auf ihre Schulter, um Silke zu beruhigen. Sie streichelte mir das Ohr und sah mich dann mit Tränen in den Augen an. „Was denkst du?" Ich schnaubte kurz, um dann zu niesen. Der Anblick des Bikers, der gerade noch vor uns gefahren war, machte mich betroffen.

Marc Rohloff, der Kommissar, war nach etwa zehn Minuten da. Er hatte sein Blaulicht auf das Wagendach gestellt und war, auf dem Weg zu uns, einen Blick in den Graben. „Silke! Seid Ihr verletzt?" Silke schüttelte den Kopf und zeigte in den Graben. „Der Biker... sieht aus wie Genickbruch." Marc versicherte sich, dass es uns gut ging und kletterte dann in den Graben. „Ja, er war wohl sofort tot.", stellte der Kommissar fest und rief seine Kollegen an, damit sie den Unfallort aufnehmen sollten. Der Notarzt traf ein, als Marc den Bestatter anrief. Er sprach kurz mit Marc, stellte den Totenschein aus und kam dann zu mir und Silke. „Herr Rohloff sagte, Ihnen ginge es gut." Der Arzt sah Silke an, die nun aufstand und, noch immer etwas blass um die Nase, antwortete, „Ja, wir, mein Hund und ich, waren nur Zeuge des Unfalls. Uns ist nichts geschehen."

Der Notarzt fuhr wieder los und Marc ließ sich von Silke den Unfallhergang detailliert beschreiben. „Konntest du das Kennzeichen erkennen?" „Ich habe nicht darauf geachtet, als er noch hinter uns fuhr, aber hinten hatte er kein Kennzeichen. Als der Wagen uns überholt hatte, dachte ich noch, dass er es verloren haben musste." „Sonstiges Auffälligkeiten anhand derer wir den Wagen finden könnten?" „Ein weißer Kastenwagen, der hinten keine Scheiben hatte. Sonst war nicht Besonderes an den Wagen." Ich bellte und wandte mich zum Grünstreifen, wo ein paar Gänseblümchen blühten. Marc sah mich an. „Hat er Durst?" Ich bellte erneut und stupste mit der Nase an eins der Gänseblümchen. „Siley hat mich gerade erinnert. Der Wagen hatte an den hinteren Türen Blumen aufgeklebt. Keine Aufschrift, nur die Blumen." Silke sah mich mit Stolz an. „Du bist ein toller

Beobachter.", lobte sie mich. Marc hatte sich alles notiert und entließ und von der Unfallstelle. „Meldest du dich, wer der Mann war? Es war furchtbar, den Unfall mit anzusehen. Es sah fast so aus, als ob der Kastenwagen den Biker absichtlich von der Straße gedrängt hätte." Ich knurrte und winselte kurz. „Mache ich. Sobald der UNFALL aufgenommen ist.", zwinkerte Marc ihr zu. Wir fuhren nach Hause, von wo Silke Rainer anrief und ihm von dem Unfall erzählte.

2

Mit einem Becher Tee in der Hand ging Silke auf den Hof und sah auf die Moorkoppel, wo die Schafe standen. Ich setzte mich neben sie und wartete darauf, dass sie sprach. Seitdem Anruf bei Rainer hatte Silke nicht mehr gesprochen. Auf der Rückfahrt hatte sie mich auch nur wortlos im Rückspiegel angesehen. Es dauerte ein paar Minuten, bis Silke mich ansah. „Das war furchtbar.", stellte sie fest. „Der arme Mann, er war zur falschen Zeit am falschen Ort." Ich gab einen knurrenden Laut von mir. „Du glaubst auch nicht, dass das Zufall war, oder?" Silke nickte mir zu. „Ich fand das auch komisch...", überlegte sie laut. Die Schafe waren zum Zaun gekommen und hofften auf ein paar getrocknete Kräuter. Silke straffte die Schultern, stellte ihren Becher auf den Gartentisch vor dem Haus und holte zwei Hände voll mit den würzigen Kräutern, die die Schafe so mochten. „Ihr seid so friedlich. Deswegen mag ich euch auch lieber als die meisten Menschen."

Rainer kam nach seinem Feierabend auf schnellstem Weg zu uns. Silke ging im entgegen und er nahm sie liebevoll in die Arme. „Ich bin so froh, dass euch nichts passiert ist. Nicht auszudenken, wenn dieser Wahnsinnige euch von der Straße gedrängt hätte." Er gab Silke einen Kuss auf das Haar und strich mir kurz über den Kopf. „Ich bin nicht sicher...", begann Silke. „Nicht sicher?" Rainer hielt Silke an den Schultern und sah sie fragend an. „Was meinst du?" Silke sah mich an und sprach dann wieder mit Rainer. „Nun ja... der Kastenwagen hat uns zwar etwas bedrängt und auch recht schnittig überholt, aber keinerlei Anstalten gemacht, mich abzudrängen." „Du meinst..." „Ja. Nach dem ersten Schock hatte ich das Gefühl, dass der Fahrer des Kastenwagens es auf den Motorradfahrer abgesehen hatte." Rainers Blick war ungläubig. „Marc meinte, ich würde aus einem Unfall mehr machen, als es ist. Aber das fehlende Kennzeichen... das zweimalige gezielte Rüberziehen des Fahrzeuges... er hat den Biker quasi in den Graben geschoben. Das muss doch ein schreckliches Geräusch von Metall auf Metall gegeben haben. Da reißt man doch als Fahrer das Lenkrad andersherum, aber er hat weiter draufgehalten." Rainer legte den Arm um Silkes Schulter und nahm sie so mit ins Haus. Mir gab er ein Zeichen mit dem Kopf, dass ich folgen sollte. „Das klingt in der Tat nach einem absichtlich herbeigeführten Unfall.", stimmte er Silke zu. „Der Kastenwagen hat auch kurz angehalten, nachdem der Biker in den Graben gestürzt war, dann ist er abgehauen." Ich winselte, da ich Silkes Meinung war.

Rainer hatte seine Tasche ins Gästezimmer gebracht und setzte sich an den Tisch. Er stützte die Ellbogen auf und legte den Kopf in die Hände. „Meinst du, du könntest mit mir die Strecke nochmal abfahren?" Silke sah ihn an. „Dann hast du auch Zweifel an einem einfachen Unfall?" „Ich möchte mir gern den Unfallort einmal ansehen.", gab Rainer diplomatisch zurück. Silke und er zogen sich Jacken an und auch ich wurde wieder ins Geschirr getüdelt. Auf der Fahrt konzentrierte Rainer sich darauf, sich den Unfallhergang präzise vorzustellen. Silke erklärte Rainer mit knappen Worten wo genau, was passiert war. „Halt bitte mal an." Rainer stieg aus und besah sich die Strecke, auf der von der Polizei nun bunte Markierungen aufgemalt waren und schaute auch in den Graben. Silke wartete am Wagen und behielt die Straße im Auge. Ich blieb etwas hinter Rainer und versuchte zu ergründen, was er dachte. Plötzlich drehte er sich um und marschierte mit großen Schritten zum Wagen zurück. Silke hatte den Kofferraum offengelassen und ich sprang hinein. Rainer setzte sich auf die Beifahrerseite und sah Silke an. „Ich befürchte, du hast recht." Ich bellte und drehte mich im Kofferraum im Kreis, da wir nun einer Meinung waren.

Marc Rohloffs Wagen stand vor unserem Einfahrtstor, als wir wiederkamen. Der Kommissar lehnte an seinem Auto und erwartete uns. Silke öffnete das Tor mit der Fernbedienung, Rainer stieg in der Zeit aus, als das große Tor aufschwang. „Moin.", begrüßte er Marc. Dieser gab ihm die Hand und lächelte süffisant. „Lass mich raten... Ihr wart NICHT einkaufen." „Wie kommst du nur darauf?" Rainer wies auf die Rückbank. „Milch, Brot, Mehl, Kaffee, Kekse und Grillzeug." Marc versuchte einen Blick in unser Auto zu erhaschen, als Silke an ihm vorbei auf den Hof fuhr. Sie parkte in der Remise und ließ mich aus dem Wagen springen. Ich lief schwanzwedelnd auf den Gast zu und schnupperte ihn ab. „Bist du extra vorbeigekommen, um die Einkäufe ins Haus zu tragen?", rief Silke dem Kommissar zu. „Muss ich ja wohl.", zuckte dieser mit den Schultern und schnappte sich eine Tasche. Die andere nahm Rainer und dann gingen wir ins Haus.

„Ich wollte dir nur sagen, dass wir beim Bikertreff nahe des Unfallortes gewesen sind und die Gäste dort befragt haben. Leider hat niemand etwas bemerkt. Die Betreiber hatten nur den weißen

Kastenwagen vorbeifahren sehen, aber nicht weiter darauf geachtet. Alle anderen waren mit ihren Maschinen beschäftigt und keiner konnte einen sachdienlichen Hinweis geben. Wir werden den Unfallverursacher natürlich versuchen, zu ermitteln, irgendwo muss der Wagen ja mal wieder gesehen werden.", schloss Marc seinen Bericht ab. Rainer gab ein „Hmmm" von sich. Marc schloss die Augen und atmete tief durch. „Ich höre...", sagte er. „Wir waren natürlich nicht nur einkaufen, wie du schon richtig vermutet hast." „War mir doch klar." „Silke hat mir die Strecke und gezeigt und wie das abgelaufen ist. Ganz ehrlich... Auf dem geraden Stück Straße, das wenig Unebenheiten aufweist, gleich zweimal ins Schlenkern zu kommen, scheint mir doch unmöglich zu sein." Rainer sah den Kommissar aufmerksam an. „Wir gehen davon aus, dass er Fahrer mit seinem Handy beschäftigt gewesen ist." „Möglich wäre das, aber Silke hat ausgesagt, dass das Motorrad mutwillig von der Straße gedrängt worden ist. Nur mal angenommen, ich wäre von meinem Handy abgelenkt gewesen und würde jemanden streifen, dann halte ich doch nicht noch extra weiter drauf." „Du kannst doch auch nicht wollen, dass ein Mörder davonkommt, weil es als Unfall deklariert wird.", bestätigte Silke Rainers Ausführungen. Marc kapitulierte, „Ich habe durchaus auch schon kurz über diese Theorie nachgedacht.", gab er zu. Silke und Rainer gaben sich ein High Five.

„Ich werde morgen als erstes den Hintergrund von dem Biker in Erfahrung bringen. Wo er gearbeitet hat, Familie, Freunde und diese Dinge." Marc hatte sich ein Stück Salami abgeschnitten, die Silke auf den Tisch gelegt hatte. „Die ist gut.", meinte er. „Sobald ich mehr über den Toten weiß, gebe ich euch Bescheid.", fuhr er dann fort. „Bleib doch zum Essen.", lud Rainer ihn ein. „Ihr wollt nur wieder mitmischen und mich im Vorfeld schon besänftigen.", grinste er. „Genau, nur deswegen und nicht, weil du unser Freund bist.", zwinkerte Silke. Ich freute mich, denn es würde gleich etwas Feines vom Grill geben, aber nicht nur darauf freute ich mich, sondern auch, weil ich wusste, dass meine Spürnase von Anfang an wusste, dass es kein einfacher Unfall war.

Die Männer deckten den Tisch vor dem Haus und Silke bereitete den Rest zu, als das Fleisch wunderbar duftend auf dem Grill lag. Ich schlich immer wieder in seine Nähe und das Wasser lief mir im Maul zusammen. „Geh nicht so dicht an den Grill.", ermahnte mich Silke. Rainer legte das fertige Fleisch auf einen Teller und trug ihn zum Tisch. Silke hatte einen extra Teller für mich bereitgestellt, auf dem sie ein schönes Stück Fleisch in Stücke schnitt. „Es ist noch zu heiß, gedulde dich noch ein wenig.", wandte sie sich an mich. Ich saß sabbernd neben dem Tisch und hatte leider keine Geduld. „Er hat aber mächtig Hunger.", meinte Marc. „Nein.", lachte Silke, „Er hat sein Fressen heute schon bekommen, aber Labradore mögen nun mal den ganzen Tag essen." „Fressen, schlafen, eine Runde gehen, fressen, schlafen.", klärte Rainer Marc über Labradore auf. Ich war entrüstet, denn ich hatte sehr viel mehr zu bieten. „Du vergisst, er ist ein sehr schlauer Kerl, kuschelt sehr gern, ist immer für mich da und außerdem sieht er fabelhaft aus." Silke hatte den Arm um mich gelegt und mir ging das Herz auf. Ich leckte ihr durch das Gesicht und brachte Silke damit zum Strahlen. „Gegen Siley habe ich keine Chance.", flüsterte Rainer Marc zu.

Silke hatte mir meinen Teller auf den Boden gestellt und ich verschlang das herrliche Fleisch. Die Menschen wurden wieder ernst und die ausgelassene Stimmung während des Essens wurde wieder sachlich. „Thomas Achtermann, so heißt unser Unfallopfer, wurde vom Bestatter abgeholt. Ich werde morgen dafür sorgen, dass er in die Gerichtsmedizin nach Oldenburg gebracht wird, obwohl ich nicht glaube, dass man dort etwas anderes als Genickbruch als Todesursache feststellen wird. Dennoch..." „Warst du denn schon bei seiner Familie?" „Er hat allein gelebt. Die Nachbarn sagten, er sei ein ewiger Junggeselle gewesen. Keine Frau oder Freundin, keine Kinder." Rainer sah aus dem Fenster. „Thomas Achtermann hat sich sein Ableben sicher auch anders vorgestellt." „Gibt es denn keine Geschwister oder hat er noch Eltern?" „Dass ich darauf nicht schon selbst gekommen bin.", Marc schlug sich mit der Hand an die Stirn. „Ich habe schon bei den entsprechenden Ämtern nachgefragt, die Antworten bekomme ich hoffentlich morgen früh." Er lehnte sich zurück und verschränkte die Arme hinter dem Kopf. „Ich habe meinen Job durchaus gelernt." „Entschuldige. So war das nicht gemeint gewesen.", sagte Silke zerknirscht. „Das weiß ich doch.", lachte Marc, „Bisher habe ich nur leider noch sehr wenig Informationen zum Toten. Aber ich werde euch selbstverständlich sofort auf Stand bringen." Marc verabschiedete sich und Rainer zog Silke zu sich aufs Sofa. „Lass uns den Abend gemütlich ausklingen lassen."

3

Silke schlief in dieser Nacht sehr schlecht. Sie wurde immer wieder wach und stand mehrmals in der Nacht auf, um in der Küche ein Glas Wasser zu trinken. Ich wartete jedes Mal im Bett auf sie und kuschelte mich dann wieder an sie, wenn sie sich hinlegte. „Siley... ich kann das nicht auf dem Kopf bekommen, wie der Kastenwagen den Motorradfahrer in den Graben gedrängt hat." Sie streichelte mich sanft und flüsterte mir ins Ohr. Ich verstand sie sehr gut, denn auch ich hatte davon geträumt. In meinem Traum war ich zwischen den weißen Kastenwagen und das Motorrad gerannt und hatte versucht, den Wagen wieder auf die Straße zu jagen. Silke war hinter mir hergerannt und versuchte, das Motorrad festzuhalten. Es war ein gruseliger Traum. „Ich hätte versuchen müssen, das zu verhindern." Tränen füllten ihre Augen und sie unterdrückte ein Schluchzen.

Aneinandergeschmiegt schliefen wir wieder ein und am Morgen weckte Rainer uns. „Guten Morgen, Ihr beiden." Er gab mir einen Keks und reichte Silke einen Kaffee. „Was war los heute Nacht?" Silke sah Rainer an. „Habe ich dich etwa geweckt?" „Naja, du bist mehrmals aufgestanden." „Ich musste immer wieder an den Biker denken." „Du hättest das nicht verhindern können." Rainer sah Silke eindringlich an. „Du hättest dich und auch Siley damit in Gefahr gebracht, aber verhindern hättest du den Mord damit nicht. Der Fahrer des Kastenwagens war offensichtlich trotz dir als Zeugin bereit gewesen, den Biker von der Straße zu drängen." „Trotzdem... ich hätte doch etwas tun müssen. Nur ging das auch so schnell und ich hab das erst gar nicht richtig realisiert, was da vor sich ging." Rainer nahm Silke in den Arm und wiegte sie hin und her. „Bitte Silke, mach dich nicht kaputt mit solchen Gedanken." Ich ließ die beiden allein und ging in die Küche.

Rainer schickte Silke nach dem Frühstück wieder ins Bett. „Schlaf noch etwas." „Geht nicht. Ich muss die Schafe noch rauslassen und mich um die Hofarbeit kümmern." Silke gähnte, während sie dies sagte. „Die Schafe sind bereits auf der Südkoppel und den Rest können wir nachher auch gemeinsam machen." Silke blickte auf und lächelte Rainer an. „Du bist ein wahrer Schatz.", dabei streichelte sie seine Hand. „Siley...", Rainer sah mich mit verschmitztem Blick an, „Hast du das gehört? Endlich hat dein Frauchen verstanden, dass ich ein Guter bin." Ich wedelte mit dem Schwanz und verzog die Schnauze zu einem breiten Grinsen.

Silke stand auf und verdrehte die Augen. „Und so schnell ist ein magischer Moment passé." Sie ging um den Tisch herum und gab Rainer einen Kuss. „Danke."

Silke ging nach draußen, um frische Luft zu schnappen. „Was hälst du davon, wenn wir beide einen kleinen Ausflug machen, damit dein Frauchen ihre Ruhe hat?", fragte Rainer mich. Ich sprang begeistert auf und lief zu dem Haken, an dem mein Geschirr hing. Rainer zog es mir an, hatte die Schnallen erst über Kreuz eingesteckt, so dass ich einen Buckel machte, korrigierte dies mit einem verlegenen Blick und griff nach der Leine. Silke stand am Weidezaun und sah verträumt zu den Schafdamen. Sie zuckte kurz zusammen, als Rainer seine Hand auf ihre Schulter legte, so sehr war sie in Gedanken gewesen. „Siley und ich machen eine kleine Tour, dann hast du Ruhe. Leg dich doch nochmal hin, damit du fit bist, wenn Marc sich meldet." Silke nickte und legte ihren Kopf kurz an Rainers Schulter. „Hör auf diesen tollen Mann.", gab sie mir mit. Ich bellte und strebte zum Auto. „Viel Spaß ihr beiden." Es war ihr anzusehen, dass sie dankbar war, einen Moment allein sein zu können.

Rainer fuhr mit mir in Richtung Holtgast. Ich sah ihn verwundert durch den Rückspiegel an. Was wollten wir denn nun hier? Ich hatte gedacht, wir würden irgendwo Spazieren gehen und ich könnte in Ruhe die Hundezeitung lesen. „Tut mir leid, mein Freund. Das muss unter uns bleiben, aber ich möchte noch einmal den Unfall, Schrägstrich Tatort mit dir in Augenschein nehmen." Mit einem Jaulen gab ich mein Einverständnis zum Ausdruck und fand das eine gute Idee von ihm. Rainer hielt in der Kurve auf dem kleinen Schotterplatz an und wir liefen auf dem Radweg wieder zurück in Richtung Bikertreff. An der Stelle, wo der Kastenwagen das schwere Motorrad das erste Mal gerammt hatte, blieb ich stehen und steckte meine Nase tief ins Gras. „Lass dir Zeit.", ermunterte mich Rainer. Ich schnupperte alles ab, ging dabei langsam vorwärts. Rainer blieb hinter mir und wäre fast über mich gestolpert, als ich abrupt umdrehte und etwa einen Meter zurückging.

Ich drehte mich bei der Suche nach der Duftspur mehrfach im Kreis, wodurch Rainer Probleme mit der Leine bekam. „Nicht so hektisch." Ich hörte kaum zu, denn meine Nase führte mich zu einem Löwenzahn, unter dem halb verborgen ein kleiner Aufnäher lag. Eine Vorderpfote angewinkelt stand ich wie ein Vorstehhund davor und knurrte. „Was hast du da?" Rainer schob mich etwas zur Seite, um besser gucken zu

können. „Ein Aufnäher in Blumenform."
Rainer nahm diesen hoch und besah ihn
sich. „Ich stecke ihn ein, da er dir
wichtig zu sein scheint." Er tätschelte
mir den Kopf. Wir gingen weiter zu der
Stelle, wo der Biker gestorben war. Dort
konnte ich noch immer sein Blut riechen
und die Angst, die er zum Zeitpunkt
seines Todes gehabt hatte. Mir wurde
bewusst, wie gefährlich der
Straßenverkehr war und ein Motorrad
bot nicht die Sicherheit eines
Kofferraums, in dem ich meistens saß.
Ich schüttelte den Kopf, um diese
Gedanken loszuwerden, damit ich mich
wieder auf meinen Job als Schnüffler
konzentrieren konnte.

Vom Bikertreff aus kamen einige
Motorräder in unsere Richtung. Sie
fuhren paarweise hintereinander her
und wurden langsamer, je näher sie uns
kamen. Rainer versuchte mich
wegzuziehen, doch ich sah fasziniert zu
dem langen Zug an Bikern. Sie hielten,
als sie auf unserer Höhe waren und
stellten ihre Maschinen ab. Rainer war
mulmig zumute und er versuchte
erneut vergeblich, mich wegzuziehen.
„Na, Kleiner.", begrüßte mich ein Mann
mittleren Alters mit einem grauen
Vollbart. Ich wedelte mit der Rute vor
Freude, da mir dieser Mann
sympathisch war. „Einen niedlichen
Hund haben Sie.", sagte er zu Rainer,
der sich langsam entspannte. Ein

weiterer Biker brachte ein Kreuz. „Entschuldigen Sie bitte. Wir wollen ein Kreuz für einen verunglückten Freund aufstellen. Er wurde gestern hier von einem Auto erfasst und ist leider dabei tödlich verletzt worden." Rainer sah wieder in den Graben und zu dem Motorradtrupp. „Mein Beileid. Es tut mir sehr leid." Rainer meinte dies aufrichtig, das war an seiner Stimme zu hören. „Da wollen wir Sie nicht stören. Komm Siley, wir gehen." Ich ging nur widerwillig mit, mir gefielen diese Männer, die in Lederkutten an der Unfallstelle standen. Den Straßenrand säumten große Motorräder. Es war ein gewaltiger Anblick.

Notgedrungen folgte ich Rainer, doch ich wandte mich immer wieder um, damit ich verfolgen konnte, was die Biker taten. Der, der anscheinend der Rudelführer war, schlug mit einem dicken Hammer das Kreuz in den Boden und zündete dann ein Grablicht an. Die anderen Motorradfahrer standen andächtig um ihn herum und legten eine Schweigeminute ein. Der tote Thomas Achtermann schien ein guter Freund von ihnen gewesen zu sein. Auch Rainer sah sich verstohlen immer wieder um. „Es ist immer hart, einen Freund zu verlieren.", sinnierte Rainer. Er verfrachtete mich wieder ins Auto und blieb dort mit mir sitzen, bis die etwas zwanzig Biker in gemächlichem

Tempo mit ihren knatternden Maschinen wieder gefahren waren. Ich behielt alles im Auge und empfand Trauer und Mitleid. Rainer startete den Wagen und fuhr im Schritttempo an dem Kreuz vorbei, gab etwas mehr Gas und steuerte uns gegenüber vom Bikertreff die kleine Straße hoch, über die Brücke, um dort den versprochenen Spaziergang mit mir zu machen. Wir liefen auf dem Deich, auf der anderen Seite der Jümme, und konnten von dort aus das Kreuz sehen, das soeben für Thomas Achtermann aufgestellt wurde. Ich beeilte mich mit meinem Geschäft und drängte Rainer dazu, mit mir wieder nach Hause zu fahren. „Lass uns noch Kuchen holen." Den Vorschlag quittierte ich mit einem freudigen Bellen.

Rainer kochte Tee, als wir wieder zu Hause waren und ich schlich mich ins Schlafzimmer, wo Silke mit dem Kissen im Arm schlief. Ihr leises gleichmäßiges Atmen hatte es gemütliches an sich und ich kletterte vorsichtig zu ihr ins Bett und legte mich neben sie. Sie spürte meine Anwesenheit und öffnete die Augen. „Ihr seid wieder da.", freute sie sich und reckte sich. „Wie spät ist es denn?" „Es ist kurz vor elf.", sagte Rainer und lächelte Silke von der Tür aus an. „Hast du gut schlafen können?" „Ja, danke. Es geht schon besser." Silke stand auf und machte sich einen neuen

Zopf. „Hattet Ihr einen schönen Ausflug?" „Wir haben Kuchen mitgebracht." Silke klatschte in die Hände. „Das ist genau das, was ich jetzt brauchen kann." Ich sprang vom Bett und folgte den beiden in die Küche.

Silke fragte Rainer beim Tee aus, wo wir gewesen wären. Er druckste herum und sah mich dabei an. „Wir waren am Schöpfwerk in Holtgast." Rainer sah auf seinen Kuchen. „Habt Ihr etwas gefunden?" Silke sah Rainer mit einem Zwinkern an. Er war erleichtert, dass sie nicht böse war, dass er und ich ohne sie dort gewesen waren. „Siley hat einen Aufnäher gefunden." Rainer kramte in seiner Tasche und zog den Blumenaufnäher heraus. Silke sah ihn sich genau an. „Sieht hübsch aus. Aber was bedeutet er?" „Ich habe keine Ahnung. Siley war er so wichtig, dass er mich fast über den Haufen geworfen hätte, um an ihn heranzukommen." „Er wird seine Gründe haben.", stimmte Silke zu und legte den Aufnäher auf den Tisch. „Er hat auch Freundschaft mit etwa zwanzig wilden Bikern geschlossen." Silke verstand nicht. „Die kamen von Bikertreff und haben ein Kreuz in den Boden geschlagen, wo der Achtermann gestorben ist. Sie waren mit ihm befreundet hatte der Anführer gesagt." „Na toll, das habe ich nun verpasst. Hast du noch mit ihnen gesprochen?" „Nein, das war nicht der richtige Moment. Es war schon ein ehrfürchtiger Anblick gewesen, wie die vielen Biker ihre Trauer und Freundschaft bekundeten. Alle hatten Kutten mit dem Club Logo an. Thomas Achtermann war wohl einer von ihnen gewesen." „Am Tag seines Todes trug er keine Kutte, die hätte ich gesehen, als er vor mir fuhr." „Das Logo war ein Zylinder mit Blumen und es waren die Buchstaben MCG zu lesen." „Hast du das schon gegoogelt?" „Also hör mal... das war natürlich das erste, das ich im Auto gemacht habe, aber ich konnte nichts dazu finden, daher werde ich Marc nachher fragen, ob er davon schon gehört hat." Sie aßen ihren Kuchen und auch ich bekam von Silkes Apfelkuchen etwas ab.

Der Anruf riss mich aus meinem Schlaf. Silke ging an den Apparat. „Lüttmann." Ich setzte mich auf. „Ach du bist es. Was gibt es Neues?" Es war der Kommissar, der am anderen Ende des Telefons war. Silke hörte ihm zu und gab zwischendurch mal ein „Hmmm" oder ein „Ok" von sich. „Verstehe. Mach das, wir sind da." Der Hörer lag wieder auf dem alten immer noch funktionstüchtigen Bakelit-Telefon und Silke drehte sich zu uns um. Rainer war aus dem Gästezimmer, was er immer öfter als sein Arbeitszimmer nutzte, in die Küche gekommen und wartete genauso gespannt wie ich, was Marc gesagt hatte. „Marc ist in etwa einer Stunde da. Der Autopsie Bericht hat nichts Außergewöhnliches ergeben. Die Todesursache war unbestreitbar der Genickbruch, verursacht durch den Sturz in den Graben." „Vielleicht hat der Fahrer des Kastenwagens gar nicht vorgehabt, den Biker umzubringen.", mutmaßte Rainer. „Aber er hat es billigend in Kauf genommen.", gab Silke zu Bedenken. „Damit hast du wohl oder übel recht."

Marc Rohloff kam pünktlich zum Abendessen und nahm die Einladung, mitzuessen, dankbar an. „Ich hatte heute nur ein Brötchen gehabt, und das heute Morgen um acht Uhr." Er nahm sich vom Heringssalat und tat sich diesen auf Schwarzbrot. Nachdem er ein paar Bissen davon verzehrt hatte, kam er auf den Toten zu sprechen. „Wir haben herausgefunden, wo Thomas Achtermann gearbeitet hat. Er war Chef der Personalabteilung bei einem großen Energiekonzern in Westerstede. Der eigenen Personalakte nach war er alleinstehend und kinderlos." Silke kaute auf einem Stück Gurke herum. „Hast du schon mit seinen Nachbarn gesprochen?" „Ja, deswegen hatte ich heute keine Zeit zum Essen gehabt.", grinste der Kommissar. „Die Nachbarn sagen alle das gleiche. Thomas Achtermann war ein freundlicher und hilfsbereiter Nachbar. Er hat viel gearbeitet, Überstunden waren an der Tagesordnung, aber er ging in seiner Arbeit auf, da waren sich alle einig. In seiner Freizeit hat er meistens an seinem Motorrad herumgeschraubt und ist dann mit anderen Bikern durch die Gegend gecruist. Manchmal ist er mit Kindern aus der Nachbarschaft die Straße rauf- und runtergefahren. Er selbst war aber nie verheiratet und hatte auch keine Kinder. Achtermann hat damals das Haus von seinen Eltern geerbt, die früh verstorben waren und hat seitdem dort gewohnt."

Rainer war in den Keller gegangen und hatte für jeden ein alkoholfreies Radler heraufgeholt. „Zum besseren Denken.", grinste er. „So wie das klingt, hat unser Motorradliebhaber kein besonders aufregendes Leben geführt." Rainer rieb sich das Kinn. „Achtermann war jedoch in einem Motorradclub." Marc sah uns der Reihe nach an. „Du meinst den MCG?", fragte Rainer. Marc sah ihn erstaunt an. „Woher weißt du das denn?" Silke prustete los. „Wir waren auch nicht ganz untätig. Rainer war mit Siley nochmal am Tatort." „Wir sind immer noch bei Unfallort.", bremste Marc sie aus. „Aber sag schon, wie seid Ihr darauf gekommen? Wir haben dies erst vor einer Stunde bestätigt bekommen." „Ich war am Vormittag nochmal in Holtgast, als ein ganzer Trupp von Motorradfahrern an der Todesstelle von Achtermann vorfuhr und dort ein Kreuz aufgestellt hat." Marc stöhnte kurz, „Ich hätte dort also nur warten müssen, um schneller an diese Information zu kommen." „Macht doch nichts, dafür hast du doch uns.", neckte Silke ihn. „Auf jeden Fall waren da die 20 Biker, die sehr ruhig und ziemlich betroffen das Kreuz aufgestellt haben. Alle trugen diese Kutten mit dem Logo in Form eines Hutes, genauer einem Zylinder, mit Blumen und den Buchstaben MCG." „Ich habe heute Morgen mit einigen von Achtermanns Kollegen gesprochen, einer von denen sagte, er sei öfter mit ihm Motorrad gefahren." „Sagt dir MCG etwas?" Marc dachte kurz nach. „So aus dem Stand nicht. Da müsste ich meine Kollegen mal fragen." „Wenn es wirklich ein Motorradclub ist, dann ist es vielleicht nicht ganz abwegig, dass es sich um einen Krieg zwischen zwei verfeindeten Clubs handeln könnte." Silke sprach aus, was uns anderen mit den neuen Fakten ebenfalls im Kopf umhergeisterte. „Das wäre alles andere als gut.", befürchtete Marc. Ich werde mich morgen gleich als erstes über den MCG erkundigen. Ihr passt bitte auf. Damit ist nicht zu spaßen. Ich habe bisher nur gute Erfahrungen mit Bikern gemacht, ob mit oder ohne Club, aber wenn es sich tatsächlich um eine Art Bandenfehde handeln sollte, haltet Ihr euch da raus." Marc sah Silke, Rainer und dann mich an. „Verstanden?" „Ja.", sagten Silke und Rainer wie aus einem Mund. Ich legte meine Pfote auf die Schnauze.

Kaum war Marc gegangen, steckten Rainer und Silke die Köpfe zusammen. Ich hatte mich nah zu ihnen gesetzt, um zwischendurch mit einem Knurren, Winseln oder Gähnen meinen Kommentar abzugeben. „Dieser Aufnäher, den Siley gefunden hat...", begann Silke und stand auf. Der Aufnäher lag auf dem Küchenbuffet und sie holte ihn. „Ist das die gleiche Blume, wie du sie auf den Kutten an dem Zylinder gesehen hast?" Rainer nahm den Aufnäher und dachte kurz nach. Ich war aufgestanden und streckte meine Nase nach oben, um ebenfalls einen Blick darauf zu werfen. Es war eine weiße Blume und ich bellte zweimal. Ich war ganz sicher, dass es die gleiche Blume war. „Siley hat Recht, es ist die gleiche Blume.", bestätigte Rainer mein Bellen. „Ich kenne leider keinen, der Motorrad fährt." Silke sah Rainer an. „Ich auch nicht. Aber du hast doch einen Führerschein dafür." Ich legte die Pfote auf Silkes Bein. „Keine Sorge Siley, ich werde nicht mehr auf einen Bock steigen. Das ist Jahre her, wo ich den Lappen gemacht habe, und danach bin ich wegen der Hunde nie gefahren.", wehrte Silke Rainers Gedanken ab. „Ich werde auch für diese Ermittlung nicht auf ein Motorrad steigen." „Mag wohl auch besser sein.", murmelte Rainer. „Wie bitte?" „Es wäre nicht auszudenken, wenn du nachher auch von der Straße gedrängt würdest.", beendete Rainer seinen Satz. „Ich muss nun in den Stall.", stellte Silke mit Blick auf die Küchenuhr fest.

Nach getaner Arbeit duschte Silke und Rainer setzte Teewasser auf. Ich spekulierte auf ein Schweineohr und saß mit großen Augen vor dem Küchenschrank und visierte die kleine Box mit den besonderen Leckereien an. „Was ist denn?", fragte Rainer mich. Ich sah ihn kurz an und starrte dann wieder nach oben auf die Box. „Siley möchte ein Schweineöhrchen.", lachte Silke und langte nach oben auf den Schrank. Ich sprang freudig vor ihr auf und ab. „Hier, nimm.", sagte Silke liebevoll und reichte mir das feine Schmeckerchen. Auf meinem Fressteppich knabberte ich das Ohr, als ich dabei unterbrochen wurde, weil es am Tor klingelte. „Das ist aber ein später Gast.", meinte Silke und sah aus dem Küchenfenster, wo sie in der Dämmerung Christian am Tor stehen sah. Er winkte in Richtung Fenster und Silke ging raus, um ihn einzulassen. „Moin", sie umarmte den Anwalt zur Begrüßung, „Was treibt dich so spät in meine heiligen Hallen?" „Ich wollte deine engelsgleiche Stimme hören.", lachte Christian. „Rainer hat gerade frischen Tee aufgesetzt, komm rein." Die beiden traten eingehakt in die Küche. „Machst du mir etwa Konkurrenz?", scherzte Rainer und schlug seinem Freund auf die Schulter. „Silke hat doch nur eine Liebe und das ist Siley.", konterte Christian und setzte sich an den Tisch. „Apropos. Wo ist der schlaue Schnüffler denn?" Der Anwalt sah sich um ich unterbrach kurz meine Kauerei an dem Ohr, um den Gast schwanzwedelnd zu begrüßen.

„Um auf den Grund meines Besuches zu kommen... Ein Freund von mir hat mir erzählt, dass hier, gleich um die Ecke, ein Motorradfahrer ums Leben gekommen ist." Christian sah Silke und

Rainer erwartungsvoll an, doch als die beiden keine Mine verzogen, lehnte er sich zurück verdrehte die Augen. „Ihr wusstet das schon, stimmt`s?" „Ich war live dabei, als Thomas Achtermann von der Straße gedrängt wurde. Siley und ich fuhren direkt dahinter. Wir waren von Detern auf dem Weg nach Hause." „Dann wisst Ihr also auch schon, dass Achtermann beim MCG-Mitglied war." „Ja, ich habe einige Mitglieder davon getroffen, als diese ein Kreuz am Unfallort aufgestellt haben." „Mich hat der erwähnte Freund angerufen, er ist einer der Präsidenten des Clubs, da er davon überzeugt ist, dass Achtermann absichtlich von der Straße gedrängt worden ist." Der Anwalt wollte seine Worte wirken lassen, doch Silke pflichtete ihm bei. „Den Eindruck hatte ich auch und inzwischen ist auch Marc der Ansicht, dass es kein einfacher Unfall gewesen war." Rainer mischte sich nun auch ein. „Dein Freund, ist das so ein bärtiger mit stahlblauen Augen und ruhigem Wesen?" „Ihr kennt ihn bereits?" Christian wirkte enttäuscht. „Kennen ist etwas zu viel gesagt. Er war bei dem Trupp dabei, die das Kreuz aufgestellt haben und hat Siley gestreichelt." „Andreas ist ein langjähriger Freund von mir. Er ist, haltet euch fest, von Beruf Tierarzt." Silke riss die Augen auf. „Das ist ja klasse." Rainer lachte, „Deswegen hat er Siley gleich gestreichelt." „Hallo? Das hat er getan, weil Siley einfach der hübscheste und freundlichste Hund auf der Welt ist.", wies ihn Silke zwinkernd zurecht. Ich bellte und sprang mit den Vorderpfoten auf den freien Stuhl. Die Menschen sollten endlich erzählen, was genau der Anwalt von uns wollte, statt rumzualbern.

Der Anwalt aß einen Keks und kam dann endlich zum Thema. „Andreas Steiner hat seinerzeit den Motorradclub ins Leben gerufen. Er war mit seinen beiden Hunden viel fernab im Gelände unterwegs und der Müll hat ihn immer sehr geärgert. Achtlos weggeworfen oder vom Wind dorthin gebracht, er hat es dann eingesammelt. Der Gedanke, den Club zu gründen hat er dann bekommen, als ihm eines Tages eine Fastfood Tüte vor das Bike geflogen ist, die ein vor ihm fahrendes Auto einfach durch das Fenster entsorgt hatte. Er wäre dabei fast verunglückt. Dies brachte ihn dazu, befreundete Motorradfahrer zusammenzutrommeln, um mit ihnen für Sauberkeit auf den Straßen zu sorgen." Silke hing Christian an den Lippen und sog jedes Wort auf. Ich hatte den Kopf auf die Seite gelegt und befand den bärtigen Biker für sehr sympathisch. „Das nenne ich Courage.", sagte Silke bewundernd und auch ich gab mit einem wohligen Knurren meine Bewunderung kund. „Andreas ist kein klassischer Ökotyp, aber ihm ist die Rettung der Natur eine Herzensangelegenheit." Rainer zog die Stirn in Falten. „Ich weiß, was du sagen willst.", kam ihm Christian zuvor, „Auf er einen Seite einfach nur zum Spaß mit dem Motorrad durch die Gegend zu cruisen, und das gleich in einer großen Gruppe, und auf der anderen Seite Umweltschutz, das passt nicht zusammen. Aber Andreas und die Mitglieder seines Clubs fahren alle mit E-Motorrädern." „Das klang mir aber ganz anders, als die vielen Maschinen auf uns zugeknattert kamen." Rainer zweifelte noch immer. „Die Geräusche kommen von einem Band, da es doch auch komisch aussähe und vorm allem klänge, wenn ein fettes Bike ohne das klassische Knattern einer Maschine um die Ecke käme."

Silke klatschte begeistert in die Hände. „Da bist du wohl reingefallen.", flachste sie in Rainers Richtung. Dieser wurde von Silkes Lachen angesteckt und war nun überzeugt. „Nun, wo das geklärt ist... Andreas hat mich gebeten, den Unfall mit aufzuklären. Da kommt Ihr nun ins Spiel..." Der Anwalt sah mich verheißungsvoll an. „Ich habe Andreas gesagt, dass ich Freunde habe, die ihre Nase in alles hineinstecken und das sogar mit Erfolg." Ich rannte bellend durch die Küche, bis Silke mich abfing. „Beruhige dich, mein Schatz." Sie stand wieder auf und wandte sich an

Christian. „Wann treffen wir den diesen wunderbaren Tierarzt?" Rainer schnaubte. „Das kann ja heiter werden." Silke trat hinter Rainer, legte ihm die Arm über die Schulter und schmiegte ihren Kopf an seinen. „Nun sei doch nicht gleich eifersüchtig." Rainer griff ihre Hände, „Alles gut. Ich bin halt doch schon etwas neidisch, was dieser Mann auf die Beine gestellt hat."

Christian rief Andreas Steiner an und vereinbarte ein Treffen für den nächsten Tag. Er sollte nach Praxisschluss zu uns auf den Hof kommen. Dann machte sich Christian auf den Weg und Rainer brachte ihn zum Tor. „Diese Biker... ich muss mir keine Sorgen um Silke machen, oder?" Der Anwalt blieb kurz stehen und sah Rainer an. „Sorgen? Weil Biker als gemeingefährlich gelten, was totaler Quatsch ist? Oder bist du doch eifersüchtig?" Rainer druckste herum. „Die Motorradfahrer schienen mir durchaus freundlich und sicher nicht gemeingefährlich zu sein. Der Andreas sah aber in der Tat schon sehr gut aus, würde ich mal sagen wollen. Genau Silkes Typ." Christian lachte laut und schlug Rainer auf den Rücken. „Ihr beiden... Wie die Königskinder... Ihr tanzt um euch herum und doch traut sich keiner, zu sagen, was Ihr füreinander fühlt." Rainer sah betreten zu Boden und ich zupfte ihm am Ärmel vom Pullover. „Du nicht auch noch."

wehrte Rainer ab. „Es ist nun mal nicht so einfach." „Doch, ist es, aber Ihr beide seid das Problem." Christian strich mir über den Rücken. „Du kannst da noch einiges von Siley lernen." Rainer winkte dem Anwalt zum Abschied und wir gingen wieder zum Haus. „Du bist Christians Meinung, oder?" Ich schüttelte mich und sah Rainer mitleidig an.

5

Rainer ging suchend durchs Haus. „Silke?", rief er, doch er bekam keine Antwort. Ich hörte ihn und kam von der Tenne in die Küche. „Guten Morgen, Siley. Weißt du, wo dein Frauchen ist?" Ich ging mit den Vorderbeinen nach unten und sprang dann wieder auf. Rainer sah mich fragend an. Mit einem kurzen Bellen forderte ich ihn auf, mir zu folgen. Er verstand und kam hinter mir her bis auf den Hof. Dort stand die große Leiter an die Hauswand gelehnt und Rainer blickte nach oben. „Was machst du denn da?" „Auch schon wach?", fragte Silke von oben herab. „Es ist erst kurz nach sieben.", rief Rainer hinauf, „Also, was machst du da oben?" „Ich befestige die lockere Windfeder wieder." Silke holte mit dem Hammer aus und schlug mit drei kräftigen Schlägen einen Nagel in das Holz. Dies wiederholte sie an mehreren anderen Stellen und lehnte sich dann leicht zurück, um sich ihr Werk zu begutachten. „Das soll wohl wieder halten.", befand sie und kletterte die Leiter wieder herunter. Rainer hielt diese fest und schüttelte den Kopf, als Silke wieder unten war. „Warum lässt du mich das nicht machen?" „Selbst ist die Frau.", grinste Silke, „Außerdem hast du genug an Arbeit liegen." Rainer schnappte sich die Leiter und brachte sie wieder unter das Abdach. „Das habe ich. Aber du bist nicht kopffest." „Nun ist es ja vollbracht und das Brett ist wieder fest." „Dann lass uns frühstücken.", bat Rainer. Ich fand die Idee mit dem Frühstück prima und rannte schnell ins Haus. Silke hakte sich bei Rainer unter und lächelte ihn an. „Es ist lieb, dass du dir Gedanken um mich machst, aber ich bin schon groß und kann mich um meine Sachen allein kümmern." Rainer sah ein wenig enttäuscht aus, doch er schwieg.

Silke fuhr nach dem Frühstück einkaufen und ich gesellte mich zu Lissy, meinem Lieblingsschaf. Sie rieb ihren Kopf an mir und genoss meine Nähe. Die anderen Schafe grasten friedlich in der Nähe. Mein Blick schweifte über den Hof und ich stellte fest, dass Silke und ich ein schönes Leben führten. Aus dem Haus hörte ich Geschirr klappern, doch ich blieb trotz meiner Neugier bei Lissy. Erst, als ein wütender Schrei aus der Küche ertönte. Lissy und ich sahen uns an und ich trabte langsam in Richtung Haus. Mit schief geneigtem Kopf sah Lissy mir nach und wandte sich dann den anderen Schafen zu, um wieder zu grasen. In der Küche lag ein Teller auf dem Boden, er war zersprungen. Rainer kramte unter der Spüle nach einem Handfeger und einem Kehrblech. „Was geht nur in ihr vor? Einen Tag denke ich, wir sind auf einem guten Weg und am nächsten stößt sie mich wieder weg. Das hat doch alles keinen Zweck." Ich kannte die Menschen gut genug und wunderte mich nicht mehr, dass sie mit sich selbst sprechen, doch in Rainers Stimme waren Wut und Traurigkeit gemischt. Er erblickte mich und verstummte. Ich trat vorsichtig zu ihm und wollte ihn trösten. „Ach, Siley... mir wird das zu viel..." Der Ausdruck in seinen Augen bedeutete nichts Gutes. „Lass mich das schnell zusammenfegen." Ich machte ihm Platz und sah seinem Treiben von meinem Hundebett aus zu.

Mit zwei großen Taschen beladen kam Silke vom Einkaufen zurück. Sie blieb wie angewurzelt in der Tennentür stehen. „Alles in Ordnung?", fragte Silke. „Ja.", gab Rainer kurz ab zurück. Silke sah mich an und ich verdeckte meine Augen mit den Pfoten. „Ich räume die Einkäufe schnell weg und kümmere mich dann um den Hof." Sie umging es, Rainer anzusehen und ging ihrer Arbeit nach. Rainer verschwand wortlos im Arbeitszimmer und schloss die Tür hinter sich. Silke kniete sich zu mir. „Weißt du, was er hat?" Ich schüttelte den Kopf und legte diesen dann auf die Pfoten. Als Silke den Mülleimer aufmachte, um Verpackungen zu entsorgen, sah sie den kaputten Teller. Sie sah zur Tür vom Arbeitszimmer, zog die Stirn in Falten und ging dann nach draußen. Ich beschloss, im Haus zu bleiben, da die Laune allgemein heute nicht besonders gut zu sein schien.

Der Tag zog sich wie ein Kaugummi hin. Ich wanderte immer wieder mal zum Einfahrtstor und blickte die Straße hinunter, ob der Tierarzt Andreas Steiner käme. Rainer war den ganzen Tag im Arbeitszimmer geblieben, er kam nur kurz heraus, um sich ein Brot zu schmieren und etwas zu trinken zu holen. Silke aß zwischendurch einen Joghurt und blieb ansonsten draußen. Die Stimmung war auf einem Tiefpunkt, ich hatte das zwischen den beiden so noch nicht erlebt. Ich beschloss, den Nachmittag zu verschlafen.

Kurz nach sechs Uhr am Abend hörte ich ein lautes Knattern näherkommen und sprang von meinem Bettchen auf. Silke sah aus dem Fenster und Rainer ging gemächlich in Richtung Hoftor. Die beiden hatten seit dem Morgen kein weiteres Wort mehr gewechselt. Ich wartete am Tor auf das ankommende Motorrad. Als er eintraf, stand Rainer neben mir am Tor und begrüßte unseren Gast freundlich, aber reserviert. „Moin. Wir kennen uns ja bereits.", grüßte Andreas Steiner. Er roch nach vielen Tieren und ich schnupperte ausgiebig seine Hosenbeine ab. „Hallo Kumpel." Er

streichelt mich. „Wie heißt du denn?"
„Das ist Siley.", ertönte Silkes Stimme
hinter mir. Der Tierarzt sah auf und
strahlte Silke an. „Hallo. Dann sind Sie
Silke.", sagte er, „Christian hat mir
schon viel erzählt." Silke winkte
lächelnd ab und bat Herrn Steiner ins
Haus. „Sie haben es schön hier.",
bewunderte der Mann unseren Hof.
„Danke.", freute sich Silke. Rainer war
uns mit ein wenig Abstand gefolgt, er
hatte die Hände tief in den
Hosentaschen vergraben und seinen
Blick gesenkt. „Darf ich Ihnen einen Tee
anbieten?", fragte Silke. „Sehr gerne,
aber bitte lassen Sie das Sie weg. Ich
bin Andreas." Er lächelte Silke an. „Ich
bin Silke." „Hallo Silke.", lachte
Andreas. „Das ist Rainer.", Silke zeigte
auf ihn, doch er sagte nichts, er nickte
nur kurz. Ich spürte eine Art von
Feindseligkeit in Rainers Verhalten.

Andreas Steiner saß in unserer Küche
und blickte anerkennend umher. „Das
sieht hier ein bisschen aus wie im
Museumsdorf Cloppenburg." „Ich mag
die alten Dinge und besuche regelmäßig
das Museumsdorf Cloppenburg." Silkes
Augen leuchteten. „Wir können gern
einmal zusammen dort hinfahren. Ich
kann dich auf dem Bike als Sozia
mitnehmen, wenn du magst.", schlug
der Tierarzt vor. Rainer rückte mit
seinem Stuhl nach hinten. Silke schaute
zu ihm rüber. „Das klingt gut. Aber lass

uns erstmal über den Tod von Thomas Achtermann sprechen." Mit verschränkten Armen starrte Rainer vor sich hin. „Du hast recht.", gab Andreas zu, „Deswegen bin ich ja auch hier. Als ich Christian angerufen hatte, weil mir der Tod von Thomas seltsam erschien, hat er direkt von euch gesprochen und, dass Ihr schon einige Fälle lösen konntet." Andreas sah erst Silke und dann Rainer an, der immer noch schweigend dasaß. „In erster Linie hat uns Siley auf die richtige Spur gebracht.", lobte Silke mich stolz. Der Tierarzt sah zu mir und mir gefiel sein Lachen. „Wie alt ist der Knabe? 10 Jahre?" „Nein, Siley ist 12 Jahre alt." „Dafür ist er aber wirklich noch fit.", staunte Andreas. „Silke verwöhnt ihn auch sehr.", sprach Rainer zum ersten Mal mit dem Gast. „Würdet Ihr euch dem Fall annehmen?", fragte Andreas, „Ich bezahle natürlich dafür. Es ist uns wichtig, dass wir den Grund für den Tod von Thomas erfahren. Er war ein sehr guter Freund und ein wichtiges Mitglied unseres Clubs." „Wir sind quasi schon fast mittendrin.", gestand Silke, „Geld nehmen wir keins dafür, uns geht es um Gerechtigkeit, mehr nicht."

Der Tierarzt startete seine Maschine, die leise surrte, dann drückte er auf einen Knopf und das typische Knattern eines Motorrads erklang. „Wir versuchen, umweltbewusst zu sein, aber das Geräusch darf dennoch nicht fehlen." Andreas lachte wieder laut auf und Silke stimmte mit ein. „Das ist verständlich. Fahr vorsichtig. Wir melden uns, wenn wir mehr wissen. Die Angaben von dir über Thomas Achtermann haben uns schon etwas geholfen." Die schwere Maschine, die mit Elektromotor fuhr, knatterte davon und Silke sah Andreas nach, bis er nicht mehr zu sehen war. „Mich brauchst du wohl nicht mehr dabei.", maulte Rainer. „Mal ehrlich... Was war das für ein Verhalten?" Silke sah Rainer wütend an. „Du konntest die Augen ja kaum von ihm abwenden. Der perfekte Mann." „Wenn du meinst..." Silke drehte sich um und ging ins Haus. Ich stand noch bei Rainer und sah in erstaunt an. „Das ging nach hinten los...", stellte er traurig fest. Ich gab einen Laut zwischen Jaulen und Knurren von mir, denn er hatte vollkommen recht.

Silke stand an der Spüle und räumte das Geschirr in den Geschirrspüler. Rainer stand betreten an der Küchenzeile. „Es tut mir leid.", bat er Silke um Verzeihung. „Ist ok." Silke war immer noch wütend. „Versteh mich doch bitte. Der Mann sieht fabelhaft aus. Ist Tierarzt. Fährt Motorrad und ist dazu noch in seiner Freizeit für das Gute unterwegs." Silke hörte kurz auf, das Geschirr einzuräumen. „Und deswegen feindest du ihn dermaßen an, dass ich mich fast schon geschämt habe?" „Das war falsch, das weiß ich doch. Er hat dich aber so angestrahlt, dass ich förmlich abgemeldet war." „Eifersucht ist eine Leidenschaft, die mit Eifer sucht, was Leiden schafft. Das waren früher deine Worte.", hielt Silke ihm vor. „Auf solche Aktionen habe ich wirklich keine Lust. Als ob es nicht schon kompliziert genug bei uns ist." Silke warf einen Lappen auf die Spüle und ging ins Bad. Rainer sah ihr nach, räumte das Geschirr zu Ende ein und wandte sich an mich. „Ich fürchte, ich habe es verbockt." Ich hob eine Pfote in die Luft, um ihm zu sagen, er solle Geduld haben. „Ich gehe ins Bett.", sagte Silke, als sie wieder in die Küche kam, und winkte mir, ihr zu folgen. Rainer versuchte, sie in den Arm zu nehmen, doch Silke drehte sich von ihm weg und wir gingen ins Schlafzimmer. Rainer sah uns noch nach, setzte sich dann auf einen Stuhl und dachte nach.

„Guten Morgen.", weckte Silke Rainer am nächsten Morgen. Er hatte auf dem Sofa geschlafen. „Hast du dich wieder eingekriegt?" Rainer rieb sich verschlafen die Augen. „Guten Morgen. Ja, es tut mir echt leid, wie ich mich gestern benommen habe." Silke ließ sich von Rainer auf das Sofa ziehen und lehnte ihren Kopf an seine Brust. „Du bist manchmal ein richtiger Idiot." Ich klapperte meinem Futternapf, damit die beiden endlich aufstanden und hatte Erfolg. Silke öffnete mir die Tür zum Hof und schickte mich für meine Morgentoilette nach draußen, während sie in dieser Zeit meinen Napf füllte. Die Stimmung war wieder gelöst und ich wartete gespannt darauf, was Silke für heute geplant hatte. Meine innere Stimme sagte mir, dass ich noch einmal zum Unfallort sollte. Mit dem jetzigen Wissen konnte ich anders an die Sache heranschnüffeln.

„Wie wollen wir vorgehen? Marc wird sich sicher noch melden, aber ich will nicht tatenlos herumsitzen." Auf dem Tisch lag noch immer der Blumenaufnäher und ich sprang mit den Vorderpfoten auf den Tisch, um an diesen heranzukommen. „Hey!", schimpfte Silke erschrocken, „Runter vom Tisch!" Ich blieb oben und konnte mit der Nase den Aufnäher zu mir ziehen. Dann sprang ich wieder vom Tisch und bellte. Dabei hüpfte ich wieder und wieder auf und ab und sah zum Aufnäher. „Du willst wieder zur Unfallstelle?", fragte Silke mich. Ich drehte mich im Kreis. „Sieht ganz danach aus.", meinte Rainer. „Wir waren aber doch schon dort." „Siley muss eine Ahnung haben, etwas, das uns Menschen in den meisten Fällen verloren gegangen ist." Silke holte noch schnell die Schafe aus dem Stall und brachte sie auf die Weide, mistete grob aus und schloss den Hühnerstall auf. Dann duschte sie, zog sich an und wir warteten darauf, dass Rainer fertig war und wir abfahren konnten. Es war toll, dass Silke mich verstanden hatte und ich stand während der ganzen Fahrt im Kofferraum, begierig, meine Nase einzusetzen.

6

An der langen Leine lief ich mit der Nase fest am Boden wieder die Unfallstelle ab, die laut Silke nun von uns zum Tatort deklariert worden war. Mehrmals dachte ich, ich hätte eine Spur, doch schnell erkannte ich, dass ich weitersuchen musste. In großen Kreisen suchte ich die Stelle, an der der Biker Thomas Achtermann von der Straße geschoben worden war, ab. Silke ließ die Schleppleine locker hängen und achtete darauf, dass ich nicht bei meiner Arbeit gestört wurde. Dann nahm meine Nase etwas auf, dass ich schon am Tag des Unfalls unterschwellig wahrgenommen, aber nicht wirklich beachtet hatte. Um mich herum blendete ich alles aus und konzentrierte mich auf den Geruch, der inzwischen schon verblasst war. Silke sah besorgt zu, wie ich immer näher an die Hauptstraße kam. „Siley... nicht auf die Straße.", raunte sie mir zu, doch ich ignorierte ihre Worte, es zog mich zielstrebig auf die Straße.

Diese Flecken auf der Straße sahen unscheinbar aus, doch ich wusste sofort, dass es sich um ausgelaufenes Öl handelte. Rainer hatte sich nun auch auf die Straße gestellt und hielt nach Autos Ausschau, doch es war keins in Sicht. Ich setzte mich mitten auf die Fahrbahn und gab Laut. „Siley hat etwas gefunden.", rief Silke Rainer zu. Dieser kam zu uns und nahm mit Silke den Asphalt ins Visier. „Ich sehe nichts.", zweifelte Rainer. Ich zeigte mit der Nase auf die Flecken und sah die Menschen wieder an. „Siley meint diese Flecken.", erklärte Silke. Rainer hockte sich hin und beäugte die Sammlung von Flecken. Dann tippte er mit dem Finger in einen von ihnen und roch daran. „Ganz klar Öl." Er hielt Silke den Finger vor die Nase und sie bestätigte, „Ja." Sie sah die Straße rauf und wies ein Stück weiter auf die Fahrbahn. „Da sind noch ein paar dieser Flecke." Ich lief hinüber und gab mit einem Bellen bekannt, dass es das gleiche Öl war. Rainer sah Silke an. „Wir sollten Marc anrufen, damit er davon Proben nimmt und eine Vergleichsanalyse vornehmen lässt." „Gute Idee.", strahlte Silke ihn an. „An dieser Stelle hatte der Kastenwagen kurz angehalten, bis er dann mit quietschenden Reifen die Flucht ergriffen hatte. Es muss von dem Wagen sein.", Silke war sich sicher. „Das war fabelhaft, mein Engel.", lobte sie mich ausgiebig.

Der Kommissar war widerwillig vorgefahren und nahm auf Drängen von Silke und Rainer Proben der Flecken. „Autos verlieren öfter mal Öl. Das hilft uns bei den Ermittlungen nun nicht wirklich weiter. Ich mache das nur, damit Ihr Ruhe gebt." „Das wissen wir sehr zu schätzen.", lächelte Silke ihn entwaffnend an. „Übrigens, wir haben nun herausgefunden, um was für einen Motorradclub es sich handelt, der hier das Kreuz aufgestellt hat." Marc sah uns triumphierend an. „Motorradclub der Gentlemen." sagten Silke und Rainer wie aus einem Mund. Marc sah die beiden sprachlos an. „Woher wisst Ihr das? Der Club ist eher klein und unbekannt." „Die Mitglieder sind für den Umweltschutz aktiv.", ergänzte Silke. „Der Club-Präsident war gestern bei uns. Christian kennt ihn gut und Steiner hat uns beauftragt, zu ermitteln." Marc sah genervt aus. „Wozu mache ich überhaupt noch meine Arbeit?" „Sei nicht sauer.", bat Silke. Marc verkniff sich das Lachen. „Ich bringe die Proben ins Labor, wenn Ihr mir das noch erlaubt. Irgendetwas muss ich ja auch noch tun. Die Fahndung nach dem Kastenwagen ist raus. Wenn wir ihn gefunden haben, können wir das Öl mit dem aus dem Wagen vergleichen."

Auf dem Rückweg nach Hause fuhren wir durch Augustfehn. Kurz nach dem Ortseingangsschild musste Silke bremsen, die Straße war gesperrt. Polizei säumte den Straßenrand und Marc winkte uns zu, dass wir rechts ranfahren sollten. Silke tat wie geheißen und sah Rainer an. Marc kam auf die Beifahrerseite, Rainer fuhr die Scheibe herunter und der Kommissar beugte sich ins Auto. „Klimaaktivisten haben die Straße bis zur Hauptkreuzung blockiert, hier ist kein Durchkommen." Ich sah zwischen den Vordersitzen durch. Auf der ganzen Straße verteilt saßen Leute jeden Alters, die Plakate hochhielten auf denen AUTOS VERNICHTEN DIE UMWELT, MOTORRADFAHRER SIND MÖRDER und einige weitere Sprüche. Silke hatte die Hand bereits am Türgriff als Marc sagte, „Bleibt bitte im Wagen und ..." Rainer griff vergeblich nach Silkes Arm, sie stand bereits neben dem Auto und verschaffte sich einen Überblick. „Silke, bitte...", Rainer lehnte sich weit auf die Fahrerseite hinüber. Ich stand im Kofferraum und winselte, Silke sollte mich rauslassen. Sie sah zu mir und nickte mir zu. An der kurzen Leine lief ich aufgeregt neben Silke her, die sich direkt auf die Klimaaktivisten zubewegte. Rainer war nun auch ausgestiegen und folgte uns im sicheren Abstand. Marc sprintete los und holte uns ein. „Geh bitte wieder zum Wagen. Die haben schon mit Steinen nach Beamten geworfen, die die Sitzblockade auflösen wollten." Ich spürte die Aggression, die uns entgegenprallte. Wir wurden mit finsteren Blicken bedacht und ich blieb auf der Hut. Silke marschierte weiter auf die ersten Leute zu, von denen sich einer erhob. „VERPISST EUCH IHR KLIMASCHÄNDER!"; schleuderte er uns entgegen. Silke stoppte und sah den jungen Mann an. Vier andere standen nun auch auf und bauten sich wie eine Mauer vor uns auf. Rainer trat von rechts neben uns, während Marc sich vor uns drängte. „Ganz ruhig bleiben. Wir gehen hier nur entlang.", versuchte er zu beschwichtigen. Meine Nackenhaare sträubten sich von ganz allein und ich zog an der Leine vor. „Bleib neben mir.", zischte Silke und behielt die fünf Personen vor uns im Auge.

Plötzlich ging alles ganz schnell. Eine der Frauen vor uns ging in die Knie und fiel nach vorne um. Die anderen vier sahen sich erschrocken an. Silke rannte los und kniete sich neben die bewusstlose Frau am Boden. „Sie wurde von etwas getroffen.", stellte Silke fest und legte sie mit Hilfe von Rainer in die stabile Seitenlage. „Das muss dieser Stein gewesen sein.", sagte Marc und hielt einen handgroßen Stein hoch. Aus dem Augenwinkel sah, wie der junge Mann den anderen dreien ein Zeichen gab und diese auf uns losgingen. Ich riss an der Leine und schaffte es, dass Silke sie losließ. Wild bellend und knurrend stellte ich mich schützend vor Silke und Rainer. Sie ließen sich nur kurz von mir einschüchtern und eine ältere Frau schubste Silke um. Marc rief seine Kollegen zu Hilfe, „ICH BRAUCHE VERSTÄRKUNG!" Er hatte seine Hand an der Waffe, bereit, sie jeden Moment zu ziehen. Silke wollte sich aufsetzen, als der junge Mann nun gemeinsam mit der älteren Frau auf Silke einschlugen. Ich biss um mich, kam zwischen die Menge, die sich um uns gebildet hatte und kassierte einige Tritte. Durch die Beine konnte ich Silke sehen, die sich nach Kräften wehrte und einige Treffer landen konnte. Rainer schlug auf weitere Klimaaktivisten ein, die sich von der anderen Seite Silke näherten. Ich schaffte es, wieder zu Silke zu kommen und biss weiter um mich. Es war ein Geschrei um uns herum, das in meinen Ohren unerträglich war. Die Polizeibeamten waren zahlenmäßig unterlegen und wurden der Sache nicht Herr. Silke bemühte sich, die verletzte Frau am Boden zu schützen, während sie sich selbst verteidigte und dabei auch immer mich im Auge zu behalten.

Ein Schuss ertönte, der alle zusammenschrecken und für einen Augenblick Ruhe einkehren ließ. „ES REICHT", brüllte Marc und sah dabei bedrohlich aus. „Wir brauchen einen Krankenwagen." rief Silke und kümmerte sich wieder um die am Boden liegende Frau. Der junge Mann trat wieder an Silke heran, doch ich fletschte die Zähne, bereit, ihn zu packen. „Wir kümmern uns selbst.", sagte er großspurig. „Ach ja? Ihr habt bisher nicht einmal nach ihr gesehen, seit sie vom Stein getroffen wurde.", ranzte Silke ihn an. Der Mann sah seine Leute an. „Ihr seid doch schuld daran." Silke stand nun auf. Sie klopfte sich den Dreck von den Sachen und ihre Augen blitzten, „Jetzt hör mir mal genau zu!", Silke ging näher an ihn heran, „Der Stein hat sie von hinten getroffen, denk mal scharf darüber nach." Der Mann schwieg, schaute dann in die Menge der Klimaaktivisten und wieder auf die Frau. „Du da...", Silke zeigte auf die ältere Frau, „sieh zu, dass du dich endlich um deine Kameradin kümmerst." Die Frau zögerte kurz, kniete sich dann aber auf die Straße. „Und nun zu euch. Wenn ich sehe, dass du das neueste Smartphone bei dir trägst, frage ich mich, wo du dem Klima dienlich bist. Dann die vielen da hinten mit Bechern-to-go... Das ist doch nicht euer Ernst! Ihr wollt für das Klima kämpfen und reizt die Ressourcen aus? Leute!!! Erst denken, dann Parolen brüllen!" Seht zu, dass Ihr eure Plakate eingesammelt kriegt und die Straße sauber, trennt den Müll ordnungsgemäß und lasst mich endlich gefälligst hier durch. Ich habe Tiere zu versorgen!" Silke drehte sich vor Wut kochend um und pfiff nach mir.

Ich ging rückwärts, um im Zweifelsfall Silke wieder zu verteidigen, doch die Menge beruhigte sich und stand nur da. Rainer machte eine fragende Geste zu

Marc, der mit den Schultern zuckte. Die ersten Klimaaktivisten packte ihre Plakate ein und gingen weg. Einige stiegen in Autos, die am Seitenstreifen geparkt waren. Ich knurrte darüber kurz und Silke drehte sich um. Sie sah fassungslos aus. „Wow... Was für eine Doppelmoral! Fürs Klima kämpfen wollen und dafür mit Autos vorfahren. Nicht einmal Fahrgemeinschaften haben die gebildet.", lachte Silke hämisch. Der junge Mann, der auch der Rädelsführer dieser Aktion zu sein schien, sah beschämt aus und machte den anderen verbliebenen Sitzblockadlern ein Zeichen, zu verschwinden. Marc sprach mit einigen Streifenpolizisten, die verwundert dem Treiben zusahen. Passanten sahen dem Schauspiel interessiert zu. Einer begann zu klatschen und steckte damit die anderen an. Ich sah rechts und links Menschen, die uns beklatschten und lief mit hocherhobenem Kopf zu unserem Auto zurück. Silke ermahnte mich, „Siley, kein Grund überheblich zu werden. Wir haben nichts Besonderes gemacht."

Rainer war mit Marc ins Gespräch vertieft, als sie zu uns kamen. Silke hatte den Kofferraum geöffnet und untersuchte mich noch auf mögliche Verletzungen, die ich mir bei der Rangelei zugezogen haben könnte. Dabei hatte sie selbst eine Wunde an der Augenbraue und Schrammen an den Armen. „Das nenne ich aber mal einen Auftritt.", meinte Marc. Rainer besah sich Silkes Blessuren und nickte. „Das hätte ins Auge gehen können, aber du kennst keine Angst." Er küsste Silke. „Hast du viel abbekommen?", fragte Silke besorgt. „Nein, nur einen Treffer an die Schulter." „Der Krankenwagen ist da. Ich hoffe, die Frau hat keine schweren Verletzungen." Mit Blaulicht stand der Notarztwagen auf der Straße und die Frau wurde auf einer Bahre in den Krankenwagen geschoben. „Ich spreche kurz mit dem Arzt", Marc ging wieder zurück. Die ältere Frau kam zögerlich auf Silke zu. „Es tut mir leid.", sagte sie zerknirscht, „Danke, dass Sie sich um meine Freundin gekümmert haben." „Das ist selbstverständlich gewesen. Aber bitte... solche Aktionen sind nicht förderlich für die Sache. Aktives Handeln ist da weitaus effektiver." Rainer sah Silke stolz an, „Du warst fabelhaft." Sie strahlte ihn und endlich führen wir nach Hause.

7

Silke und Rainer zogen sich als ersten um, als wir zu Hause waren. Sie reinigten sich die Schrammen und dann nahm Rainer Silke in den Arm. „Dein Mut wird dich irgendwann in Teufels Küche bringen." „Ich kann nicht anders. Das habe ich von meinem Vater und Großvater, sie konnten mit Ungerechtigkeiten auch nicht umgehen." Silke rang sich ein Lächeln ab. Ich schlich um Silkes Beine herum und suchte Körperkontakt. „Schätzchen. Das war aufregend, oder?" Sie hockte sich zu mir und umarmte mich, dabei tastete sie mich erneut ab, nahm dann meinen Kopf in beide Hände und schaute mir liebevoll in die Augen. „Danke, dass du mich verteidigt hast." Ich blickte zu Rainer auf und Silke tat es mir nach. „Dir auch ein großes Danke." Rainer grinste schief, „Das ist doch selbstverständlich gewesen." Die beiden lachten erleichtert und beschlossen, dass Rainer Pizza bestellen wollte. Silke zog sich ihre Gummistiefel an und ging in den Stall. „Leg dich in dein Bettchen und erhol dich.", sagte sie mir und ich kam dieser Aufforderung nur zu gern nach.

Der Geruch von Pizza weckte mich. Ich hatte gar nicht mitbekommen, dass der Lieferant geklingelt hatte und auch nicht, dass Marc hereingekommen war. Schnell sprang ich auf und suchte mir einen Platz nah am Tisch, damit ich meinen Anteil abbekam. Marc machte ein ernstes Gesicht. „Wir müssen reden." Silke unterbrach das Schneiden der Pizza. „Das war lebensgefährlich, was du da heute abgezogen hast. Die Klimaaktivisten sind alles, aber nicht harmlos, wir haben schon andernorts mit ihnen große Probleme gehabt. Ich hatte dich gebeten, im Wagen zu bleiben und das nicht ohne Grund." Silke verteilte Pizza auf Teller. „Ich lasse mich aber ungern von Meinungen überrennen. Dass wir alle umdenken müssen, um das Klima und die Natur zu retten, das ist mir sehr wohl bewusst, und ich bemühe mich in allen Lebensbereichen, kaum Müll zu produzieren und fahre auch nicht sinnlos mit meinem 23 Jahre alten Wagen herum. Für mich musste aber in den letzten Jahren kein neuer Wagen produziert werden. Nachhaltigkeit wird so gut es geht von mir gelebt." Silke vertrat ihre Meinung vehement. „Silke, das war gefährlich, wie du in die Blockade gegangen bist." Marc versuchte, ihr das begreiflich zu machen. „Soll ich vor Angst erzittern, wenn andere mir ihre Ansichten mit Gewalt aufdrängen wollen? Die To-Go-Becher in der Hand und mit dem Auto vorfahren... Klimarettung sieht anders aus. Außerdem hatte ich nicht vorgehabt, da so weit hineinzugehen. Aber als die Frau am Boden lag, von ihren eigenen Leuten mit einem Stein beworfen, der mit Sicherheit für mich bestimmt gewesen war, sich dann aber keiner um sie bemüht hat, da war es doch wohl meine Bürgerpflicht, ihr zu helfen." Marc zuckte mit den Schultern und biss von seiner Pizza ab. „Du kennst Silke doch nun schon länger, sie weiß, was sie tut, auch, wenn es manchmal für Außenstehende anders aussehen mag." Rainer bemühte sich, Marc Silkes Charakter zu erklären. „Ich verurteile das ja gar nicht." Marc fing an zu lachen. „Die Gesichter, als du deine Standpauke gehalten hast. Unbezahlbar. Meine Kollegen sagten, sie hätten schon eine halbe Stunde lang vergeblich versucht, den Sitzstreik aufzulösen, und dann kommst du und innerhalb weniger Minuten verschwinden sie einfach so." „Kommunikation ist alles...", scherzte Silke und gab mir den Rand ihres Pizzastückes. „Die sollten weniger auf der Straße rumhocken oder sich, wie in anderen Städten sogar festzukleben, sondern aktiv werden. Müll sammeln, nachhaltig denken und leben. So, wie Andreas Steiner das mit seinem Club im kleinen Rahmen macht." „Du und dein Andreas.", Rainer rollte mit den Augen.

8

Die nächsten beiden Tagen verliefen ruhig, Silke musste Heu und Stroh holen und Rainer hatte mit seinen Mandanten viel zu klären. Ich verbrachte die meiste Zeit auf der Weide bei Lissy. Die Sonne wärmte mir das Fell und ich sah den Insekten zu, wie sie in unserem bunten Bauerngarten von Blüte zu Blüte flogen und Nektar sammelten. Das Gemisch der Duftblumen waberte vor meiner Nase und ich genoss die friedliche Ruhe auf unserem Hof. Silke fuhr mit dem alten Mc Cormick das Heu und Stroh in den Stall, der Wind hatte ihr Haar zerzaust und bei ihrem Anblick wurde mir ganz warm ums Herz. Als Sie den Schlepper unterm Abdach abgestellt hatte, setzte sie sich auf den Weidezaun und lächelte vor sich hin. Lissy hoffte auf ein paar getrocknete Kräuter und lief zu ihr hinüber. „Hallo, meine Schöne. Steht dir der Sinn nach einer Leckerei?" Silke kraulte ihr die Stirn und sprang vom Zaun. „Ich hole dir welche." Die sechs anderen Auen hatten sich nun ebenfalls in Bewegung gesetzt und als Silke wieder aus dem Stall kam, brachte sie einen Arm voll Kräuter mit. „Bitte sehr, die Damen, ich hoffe, es mundet sehr."

Rainer kam mit Silkes Smartphone aus der Dielentür. „Andreas Steiner ist dran." Er reichte Silke das Handy und wartete. „Hallo." Silke lauschte in das Gerät. „Das ist ja furchtbar!" Silke riss die Augen auf. „Warte, ich mache den Lautsprecher an, dann kann Rainer mithören." Ich trabte flott zu den beiden, um besser hören zu können. „Also... ein weiteres Mitglied unseres Clubs wurde von der Straße gedrängt. Er war auf dem Weg nach Holtgast, um sich dort mit mir zu treffen. Wir wollten einen Kaffee trinken und über die Trauerfeier von Thomas sprechen. Wir waren um 19 Uhr verabredet gewesen. Jürgen ist immer überpünktlich und als er um 19 Uhr dreißig immer noch nicht da war, habe ich ihn angerufen. Er ging aber nicht an sein Handy. Also bin ich losgefahren und bin Richtung Detern gefahren, da Jürgen in Leer arbeitet und über Amdorf fahren wollte. Eine sehr schöne Motorradstrecke übrigens, ich nehme dich gern mal mit." Rainer gab ein genervtes Schnauben von sich. „Wie dem auch sei...", fuhr Andreas fort, „Auf der langen Geraden habe ich dann Bremsspuren entdeckt und bin rangefahren. Jürgen lag unter seiner Maschine im Schilf, er war fast in die Jümme gerutscht." „Ist er ...", Rainer sprach seine Frage nicht zu Ende. „Nein. Glücklicherweise ist er nicht bei dem Unfall ums Leben gekommen. Allerdings ist er sehr schwer verletzt, seine Maschine hat ihm zwei Rippen gebrochen. Ferner hat er einen

Schulterbruch und eine schwere Gehirnerschütterung erlitten. Als ich ankam war Jürgen besinnungslos, ich habe natürlich sofort erste Hilfe geleistet und den Rettungswagen gerufen. Zeitgleich mit dem Notarzt kam auch ein Kripobeamter an die Unfallstelle. Jürgen kam kurz wieder zu Bewusstsein und hat noch sagen können, dass ihn ein weißer Kastenwagen von der Straße gedrängt habe. Dann wurde er wieder ohnmächtig." Rainer vergaß kurzzeitig seine Eifersucht. „Dein Freund kann von Glück sagen, dass du da warst. Nicht auszudenken, was passiert wäre, wenn er in die Jümme gerutscht wäre." „Ihr könnt euch denken, dass ich völlig geschockt war, Jürgen da liegen zu sehen." „Willst du herkommen?", fragte Silke. „Wenn es euch recht ist, sehr gerne. Der Kommissar hat bis gerade eben meine Angaben zu Protokoll genommen und nun bin ich etwas durch den Wind, das muss ich zugeben. Das war ein Anschlag, so wie bei Thomas aus, daran besteht kein Zweifel mehr." „Soll ich dich abholen? Du kannst auch im Gästezimmer übernachten." Silke zog die Augenbrauen hoch und sah Rainer überrascht an, als dieser Andreas den Vorschlag machte. „Das ist nett, aber ich habe meine Hunde zu Hause. Gern würde ich aber auf einen Tee vorbeikommen wollen." „Fahr vorsichtig. Bis gleich." Silke legte auf.

Ein Knurren kam aus meiner Kehle. Die Vorstellung, dass diese freundlichen Biker von jemandem umgebracht werden sollten, machte mich sauer. „Siley, morgen fahren wir dort hin und du kannst dir das genau anschauen." Silke knetete mir das Ohr.

Andreas begrüßte mich als ersten. „Du bist ein toller Labbi." Ich suhlte mich unter seinem Lob und streckte ihm meinen Hintern zu, damit er mich kraulte. „Jaaaaa, das gefällt dir... Da kommst du nicht allein ran." Silke lachte und nahm Andreas in den Arm. „Wie geht es dir?" „Ich bin ehrlich gesagt noch ein wenig durcheinander." „Christian will morgen mit Marc... Oh. Hallo. Du bist schon da.", Rainer gab Andreas die Hand. „Danke, dass ich noch vorbeikommen durfte." Gemeinsam gingen wir ins Haus und die Menschen setzten sich an den großen Esstisch. Ich lag Andreas zu Füßen und lauschte dem Gespräch. Zwischendurch gab ich immer wieder winselnde und knurrende Geräusche von mir.

Silke saß neben Andreas Steiner und sah betroffen drein. „Habt Ihr Stress mit anderen Motorradclubs?" Andreas verneinte mit einem Kopfschütteln. „Wir kommen mit allen klar, obwohl wir mit E-Motorrädern unterwegs sind. Anfangs wurden wir etwas belächelt, doch inzwischen hat man uns akzeptiert."

„Moment..." Silkes Smartphone klingelte. „Hey Marc.", nahm sie ab und sah in die Runde. „Wissen wir bereits, Herr Steiner sitzt gerade bei uns in der Küche." Sie lauschte kurz. „Das geht in Ordnung." Dann legte sie auf. „Das war Marc. Er wollte mir berichten, dass ein weiterer Motorradfahrer von der Straße gedrängt worden war." „Wer ist Marc?", fragte Andreas. „Das ist der Kommissar, mit dem wir befreundet sind und den Siley bei den letzten Fällen unterstützt hat." „Herr Rohloff?" „Ja, Marc Rohloff." „Ach, das ist ja witzig. Das war der Beamte, der als erster am Unfallort war und bei dem ich vorhin meine Aussage gemacht habe." Andreas hatte kleine Lachfalten um die Augen, als über die Aussage von Silke lachte. „Und du stöberst die Täter auf?", wandte sich der Tierarzt an mich. Ich bellte und ließ mich von im durchkraulen. „Siley hat den richtigen Spürsinn." In Silkes Worten schwang Stolz mit.

Rainer räumte wortlos den Tisch ab. Silke hielt ihn am Arm fest und nahm ihm die Tassen aus der Hand. „Rainer... Andreas ist jemand, der um unsere Hilfe gebeten hat, damit bist auch du gemeint." „Mir gefällt nicht, wie er dich ansieht." „Deine Mitarbeiterinnen und die kessen Mädels im Fitnessstudio schauen dich doch auch an. Du bist für mich immer schon der schönste Mann gewesen, dennoch gehörst du mir doch nicht. Ich vertraue dir, also bring auch du mir Vertrauen entgegen." Rainer atmete tief durch, schwieg aber. „Diese Disharmonie der letzten Tage... du weißt, dass ich es harmonisch brauche." Silke sah ihn bittend an. „Ich weiß, was du meinst." Er legte die Arme um Silke, „Du machst es einem aber auch nicht immer leicht." „Hast du nicht einmal gesagt, leicht kann jeder? Und einfach wäre langweilig?" Die beiden lächelten sich an und ich legte mich in mein Hundebett und verdeckte die Augen mit den Pfoten.

Marc wartete schon an der Stelle auf uns, wo Jürgen Keller mit seinem Motorrad von der Straße gedrängt worden war. „Moin, Ihr drei.", kam uns der Kommissar entgegen. „Ich war heute Morgen schon fleißig und habe Jürgen Keller im Krankenhaus besucht und befragt." „Wie geht es ihm denn?", erkundigte sich Silke. „Er wird noch eine Weile im Krankenhaus bleiben müssen, aber er scheint hart im Nehmen zu sein." „Das ist gut zu hören.", äußerte sich Rainer. „Herr Keller konnte sich aber noch an alle Einzelheiten des Anschlags erinnern. Es war wieder ein weißer Kastenwagen gewesen, der ihn absichtlich von der Straße gedrängt hatte. Keller konnte sich auch erinnern, dass der Wagen hinten kein Kennzeichen hatte. Als er stürzte hat er noch gesehen, dass eine

Blume auf den hinteren Türen aufgebracht war. Dann verlor er das Bewusstsein."

Marc hatte zwei Streifenbeamte mitgebracht, die die Straße freihielten. „Lass Siley bitte laufen. Vielleicht findet er noch eine Öllache." Silke löste den Karabinerhaken der Leine und ich wartete darauf, dass sie mir das Zeichen gab, loszulegen. „Such, Siley." Das war mein Stichwort und ich sah mich erst einmal um. Silke wies mir die Richtung, wo der Jürgen Keller abgedrängt wurde. Ich lief bedächtig los und kletterte als erstes den Abhang hinunter, um dort mit meiner Nase anzufangen. „Siley scheint keine Spur zu finden.", hörte ich Marc sagen. „Nun warte doch ab. Siley weiß, was er tut." Dann blendete ich mein Umfeld aus und nahm Witterung auf. Das Motorrad von Jürgen Keller hatte Öl verloren, als es den Abhang heruntergerutscht war. Doch es war kein Motoröl, sondern Getriebeöl. Hier und da roch ich Blut. Mit etwas Mühe erklomm ich den Abhang wieder nach oben, Silke half mir, indem sie mich am Geschirr hochzog, und setzte meine Arbeit dort fort. Im Zickzack lief ich herum und wurde aufgeregt. „Gut, so Siley, such weiter.", lobte Silke mich und dann fand ich, was meine Nase gesucht hatte. Ich bellte laut, um die Menschen heranzuholen. Zwei Autos warteten darauf, dass die Straße wieder freigemacht wurde, und die Insassen sahen interessiert zu, was sich vor ihnen auf der Straße tat. „Marc! Hier!" Silke winkte den Kommissar heran. Rainer beugte sich vor, „Das ist aber ein sehr kleiner Fleck." Marc nahm eine Probe. „Ich lasse diese Probe mit den Ergebnissen der anderen vergleichen. Dann wissen wir sicher, ob es sich um denselben Kastenwagen handelt." Ich saß neben Silke und freute mich über einen Keks. „Du bist der Beste." Die Beamten machten die Straße wieder frei und die Autos fuhren neugierig vorbei, sodass die Beamten sie zum Weiterfahren winken mussten.

Im offenen Kofferraum sitzend wartete ich darauf, wie es weitergehen sollte. Die Menschen unterhielten sich und ich sah mich derweil um. Mein Blick fiel auf etwas, das meine Neugier weckte und ich sprang wieder aus dem Auto und trabte los. „Siley! Hier her.", rief Silke mir hinterher, doch ich trabte weiter, wobei ich den Radweg nicht verließ und in Richtung Bikertreff lief. „Steig ein.", forderte Silke Rainer auf und fuhr dann langsam hinter mir her. Rainer hatte seine Scheibe heruntergelassen. „Siley. Bleib stehen." In Silkes Stimme klang Furcht mit, daher stoppte ich kurz und drehte mich um. Mit einem Bellen trabte ich wieder weiter, zielstrebig in Richtung des Lokals. Als ich auf Höhe der kleinen Seitenstraße angelangt war, war der Mann verschwunden, den ich vorher dort hatte stehen gesehen. An dem kleinen bunten Wächterhäuschen blieb ich stehen und fixierte den Parkplatz des Lokals. Silke war rechts rangefahren und hinter mich getreten. „Ist dort etwas?", flüsterte sie. Ich sah sie an und starrte dann wieder auf den Parkplatz.

Rainer war im Wagen geblieben, während Silke mit mir über die Straße gegangen war. Sie hatte mich angeleint, zu groß war ihre Angst, dass ich unter die Räder kommen könnte. Ein paar wenige Leute waren zu Gast in der Lokalität und sie beachteten uns nicht weiter. Ich verließ mich auf meine Nase und führte Silke an eine Stelle, wo sich wieder ein Ölfleck befand. Silke winkte Rainer zu, dass er Marc anrufen solle, er reagierte sofort und Marc stand umgehend bei uns. „Das kann er doch unmöglich von da hinten aus gerochen haben.", meinte er. „Unterschätz nicht die Nase eines Hunde.", klärte Silke ihn auf. Der Kommissar nahm auch von diesem Fleck eine Probe. Mit einem Jaulen machte ich auf mich aufmerksam. Ich drehte mich um mich selbst und die Leine verhedderte sich. Silke ließ meine Leine los und ich ging um den Fleck herum. „Ich glaube, er will uns sagen, dass das Öl noch nicht lange hier ist." Marc sah genauer hin.

„Das hat er gut erkannt, es ist in der Tat noch ganz frisch." Silke und Marc sahen sich an. „Dann war der Täter gerade noch hier?" Ich sah mich genauer um. Etwas weiter entfernt sah ich, wie sich jemand umdrehte. Mir war es, als ob ich die Person schon einmal gesehen hätte, doch er verschwand im dem Restaurant und ich spürte, dass mich das Schnüffeln müde gemacht hatte, weswegen ich es als Halluzination abtat. „Ich bringe Siley nun nach Hause, er hat sich seinen Schlaf mehr als verdient." Dankbar drückte ich meinen Kopf an Silkes Hand und wedelte erfreut mit dem Schwanz, als Rainer unseren Wagen vorfuhr. „Du bist ein Schatz.", sagte Silke zu ihm und verfrachtete mich in den Wagen und stieg selbst auf der Beifahrerseite ein. Sie strich Rainer über den Arm. „Lass uns nach Hause fahren." Marc winkte uns hinterher.

9

Am Abend wurde ich von einem lauten Gedröhne wach. Ich sah mich suchend nach Silke um, die am Fenster stand und zum Tor blickte. „Es ist Andreas.", teilte sie Rainer mit. „Kommt der nun jeden Tag?" Genervt ging er zur Tennentür und öffnete das Tor. Andreas Steiner fuhr mit seiner Maschine in den Hof und stellte sie neben dem Stall ab. „Moin. Ich hoffe, ich störe nicht." Rainer hatte die Hände in den Hosentaschen vergraben und sah den unangemeldeten Gast feindselig an. „Moin. Silke freut sich bestimmt." „Habt Ihr schon etwas über die beiden Attentate herausfinden können?" Andreas ging auf Rainers Unmut nicht ein und lächelte. „Hallo!", rief Silke von der Tür, „Schön, dich zu sehen." „Für dich vielleicht...", murmelte Rainer leise und ging an Silke vorbei ins Haus. „Rainer hat keine gute Laune, oder?" „Ach, lass ihn.", winkte Silke ab, „Komm rein." Ich lief dem Tierarzt entgegen und war hoch erfreut, als er mich streichelte, er wusste, was ein Labrador wie ich mochte.

„Siley hat Motoröl entdeckt, das wird nun vom Polizeilabor miteinander abgeglichen, aber es ist davon auszugehen, dass es derselbe Täter war.", berichtete Silke unserem Gast. „Ich frage mich, was jemand gegen uns haben könnte.", überlegte Andreas laut. „Wir kriegen das schon noch raus. Ihr solltet nur bis dahin vorsichtig sein.", bat Silke ihn. „Das sind wir.", strahlte Andreas Silke an. Rainer stellte ihm ein alkoholfreies Radler vor. „Danke, das ist nett." Andreas sah Rainer offen an, der ihm zuprostete. „Übermorgen ist die Beisetzung von Thomas." Andreas drehte sich zu Silke. „Ich würde mich freuen, wenn Du... Ihr auch kämet." „Wir kannten Thomas Achtermann nicht.", warf Rainer ein. „Es würde mir viel bedeuten." Andreas tat, als habe er Rainer nicht gehört. „Wir werden kommen.", sagte Silke zu und warf Rainer einen vielsagenden Blick zu. Andreas trank aus und machte sich zum Gehen auf. „Danke." Er drückte Silke lange die Hand und hob kurz die Hand zum Abschied in Rainers Richtung.

Als Silke wieder vom Hof hereinkam, stand Rainer in der Küche. „Ich fahre morgen für ein paar Tage in den Urlaub." „Wie bitte?" „Es scheint mir angebracht, dass ich Abstand bekomme, um mir über einiges klar zu werden." Silke sah mich fassungslos an. „Ich verstehe nicht..." „Doch, du verstehst mich schon." Rainer verschwand im Arbeitszimmer und packte seine Tasche. „Siley... was habe ich denn nun wieder falsch gemacht?" Silke hatte sich mit mir auf das Sofa gesetzt und sah betroffen aus. Ich leckte ihr über das Ohr und legte mich dann mit dem Kopf auf ihren Schoß. Sie tat mir leid. „Ich fahre nach Hause und packe für den Urlaub. Du kannst mich jederzeit anrufen, wenn du mich brauchen solltest. Pass bitte auf dich auf." Silke war aufgestanden und Rainer zur Tür gefolgt. „Kurz und schmerzlos?", fragte sie ihn. „Nein, das nicht... aber ich brauche Zeit." Die beiden sahen sich an und es war eine befremdliche Stimmung im Raum. Rainer stellte seine Tasche ab, zögerte kurz, nahm Silke dann aber doch in den Arm. „Sei mir bitte nicht böse." „Bin ich nicht. Ich habe damit nur nicht gerechnet. Melde dich bitte zwischendurch. Du wirst es nicht tun, aber es wäre schön." Silke kämpfte mit den Tränen als Rainer ging. Ich war nicht sicher, was ich davon halten sollte. Silke so zu sehen, verunsicherte mich, denn sie war immer so stark und fröhlich. Sie hockte sich auf den Küchenboden und drückte ihr Gesicht in mein Fell. Wir blieben einige Zeit so sitzen, dann straffte Silke die Schultern, „Na komm. Die Schafe warten." Sie ging ihrer Arbeit nach und war etwas nachdenklicher als sonst.

Silke sah immer wieder auf ihr Handy, doch von Rainer kam keine Nachricht. Irgendwann warf sie es auf den Tisch, „Lass uns einen Ausflug machen.", beschloss sie. Ich sprang freudig herum, weil sie mit mir nach Detern wollte, um die Ruhe dort zu genießen. In gemütlichem Schlenderschritt liefen wir unsere Runde. Als wir an der kleinen Brücke ankamen, sahen wir durch die Blätter der umliegenden Büsche jemanden, der uns entgegenlief. Die Person hatte zwei Hunde bei sich und ich schaute neugierig in ihre Richtung. Silke zog mich etwas zur Seite, da ich manchmal noch auf die alte Angewohnheit hatte, laut und wild zu bellen, wenn Hunde uns entgegenkamen.

„Hallo Ihr beiden.", wurden wir angesprochen. Silke sah hoch und ich spürte ehrliche Freude, als sie unser Gegenüber erkannte. „Das ist ja ein Zufall.", rief sie aus. Vor uns stand Andreas Steiner mit seinen beiden Hunden, ein mittelgroßer Mischling und ein Irischer Wolfshund. Die beiden Rüden kamen wohlerzogen auf mich zu, dennoch blieb ich vorsichtig, da sie beide größer waren als ich. Sie beschnupperten mich und ich entspannte mich wieder, da sie freundliche Vertreter waren. „Wir gehen hier recht oft, weil die Runde gut in meinen Zeitplan passt.", sagte Andreas. „Und wir mögen die Ruhe hier." Die beiden lächelten sich an. „Ist Rainer auch hier?", Andreas sah sich suchend um. „Nein. Er ist spontan in den Urlaub gefahren." Es entstand kurze Stille. „Wenn du magst, dann gehen meine Jungs und ich mit euch die Runde zu Ende. Da vorne ist sowieso nur die Straße, wir können also gern umdrehen." „Es wäre Siley und mir eine Freude." Ich schloss mich den Hunden von Andreas an und lief mehr hinter ihnen her als neben ihnen, da sie jünger waren und längere Beine hatten. Sie nahmen aber Rücksicht und warteten immer wieder auf mich.

„Kommst du auch ohne Rainer zur Beerdigung?" „Ja, ich werde da sein. Wie kommt es, dass du das alles organisierst?" „Thomas und ich haben uns in der Ausbildung kennengelernt. Wir haben nach dem Realschulabschluss im gleichen Betrieb gelernt.", begann Andreas zu erzählen. „Hast du nicht gesagt, du wärest Tierarzt?", wunderte sich Silke. „Bin ich auch. Aber ursprünglich habe ich mal Schlosser gelernt. Damals haben Thomas und ich noch mit Mofas die Straßen unsicher gemacht. Wir haben geraucht und hielten uns für Helden." Andreas schmunzelte bei dem Gedanken. „Als die Eltern von Thomas bei einem Bootsunglück im Urlaub ums Leben gekommen sind, da waren wir Mitte zwanzig, war Thomas am Boden zerstört. Er hat damals alles in Frage gestellt und eines Tages kam er bei mir an und präsentierte mir, dass er sein

Abitur nachmachen wollte. Erst hatte ich gedacht, dass das nur eine Laune sei, doch es war ihm ernst und ich fand die Idee so gut, dass ich beschlossen hatte, mit ihm gemeinsam die Abendschule zu besuchen." Silke war begeistert. „Respekt." „Wir haben beide sogar recht gut abgeschnitten.", Andreas sah Silke frech von der Seite an. Die beiden liefen einträchtig nebeneinanderher und der Tierarzt erzählte weiter. „Nach dem Abitur entschieden wir uns, zu studieren. Thomas wurde Ingenieur und ich dann Tierarzt." Silke blieb stehen, Andreas drehte sich zu ihr um. „Du bist wirklich vielschichtig.", bewunderte Silke. „Wie seid Ihr denn zu euerm Motorradclub gekommen? Motorradclub der Gentlemen, das klingt ja gewaltig." „So gewaltig ist das gar nicht. Nach der Ausbildung sind Thomas und ich von Mofas auf Motorräder umgestiegen. Uns hat der umherliegende Müll dann sehr gestört und wir haben dann angefangen, uns für Umweltschutz stark zu machen. Thomas hatte einen guten Job in einem Energiekonzern, wo er schnell in eine leitende Position aufgestiegen ist. Diese hat er genutzt, um sich für ökologische Alternativen der Energie stark zu machen." „Und nebenbei habt Ihr dann noch Müll gesammelt.", warf Silke ein. „Ganz genau. Es schlossen sich uns dann weitere Freunde und Bekannte an, mit dem Ergebnis, dass wir uns dies als Anlass genommen haben einen Motorradclub zu gründen, wo alle mit E-Motorrädern fahren." „Wow... das nenne ich mal Leben." „Uns geht es nicht um Publicity, wir wollen lediglich der Natur helfen." Ich hatte mich immer wieder zu den beiden umgedreht und es freute mich, Silke wieder fröhlich zu sehen.

Andreas fragte Silke ein wenig aus über ihren Werdegang und gab ab und an anerkennende Töne von sich. „Da hast du aber auch einiges gemacht, erlebt und auch geschafft." Silke winkte ab. „In meinem Alter bleiben diverse Veränderungen nicht aus." „Ach komm, ich bin älter als du." Die beiden neckten sich ein wenig und sahen uns Hunden zu, wie wir durch das Gras tobten. „Siley ist ein wenig zu dick.", stellte Andreas fest. „Ich weiß...", gab Silke zu, „Da geht er ganz nach mir.", knirschte sie. „Mir gefällt, was ich sehe.", Andreas schaute Silke in die Augen und sie sah verlegen zur Seite. „Darf ich dich etwas fragen?" „Klar.", sagte Silke. „Was ist das mit Rainer und dir?" „Das ist eine lange Geschichte. Ich kenne Rainer schon fast mein halbes Leben. Er ist schon ein sehr wichtiger Mensch in meinem Leben. Es gab auch mal eine Zeit, da war ich sehr verliebt in ihn." „Aber?" „Ich war damals zu feige... und dann habe ich es schließlich vergeigt, ohne es versucht zu haben, weil ich unterschwellig immer das Gefühl hatte, er nimmt mich nicht ernst." „Wohnt er denn nicht bei dir?" „Rainer ist seit längerem bei mir, aber er schläft dann meistens im Gästezimmer. Und nun ist er weg..." „Du vermisst ihn, oder?" „Wenn man so lange befreundet ist, dann wird der andere zu einem Teil von einem selbst." „Ich verstehe, was du meinst. Ähnlich geht es mir bei Thomas. Er und ich, wir hatten zwar auch mal Beziehungen, haben aber im Grunde immer nur für unsere Arbeit gelebt und sind beide unverheiratet und kinderlos geblieben." Andreas ging ein paar Schritte vor und stellte sich halb vor Silke. „Ich sehe gewisse Ähnlichkeiten in unserer Leben.", sagte er. Silke wurde leicht rot als Andreas sie intensiv ansah. Mein Bellen holte sie aus der Situation und sie dankte es mir mit einem Keks. „Engelplumps, was ist?" Silke wich Andreas aus, doch er lächelte nur. „Wir sind gleich bei unseren Autos angekommen. Es ist vielleicht aufdringlich, aber ich möchte dich gern auf einen Kaffee einladen. Bei mir zu Hause." „Siley... wir müssen die Schafe...", verlegen suchte Silke nach Worten. „Also ja.", Andreas zwinkerte schelmisch. „Einverstanden, aber nur kurz."

Andreas fuhr vor uns her und Silke sah mich im Rückspiegel an. „Was mache ich hier nur?" Mit schief gelegtem Kopf hörte ich ihr zu und verstand nicht, was das Problem war. Wir bogen in eine breite Einfahrt und hielten vor einem alten Bauernhaus. Ich konnte auf der einen Seite den Eingang von der Tierarztpraxis erkennen. Silke ließ mich raus und ich flitzte durch den großen Garten. Die Hunde von Andreas nahmen mich in ihre Mitte und ich fühlte mich wohl bei ihnen. „Wow...", staunte Silke, „Du hast ein tolles Haus." „Von innen ist es eher modern gehalten, aber ich überlege, ob ich auch auf alte Möbel umstelle, so wie du. Aber mein Grundstück ist nicht so groß wie deins. Es reicht für einen kleinen Nutzgarten und meine Praxis." Die beiden standen auf dem Hof und schwiegen. „Komm, ich setz Kaffee auf." Silke folgte ihm mit großem Abstand und pfiff nach mir, sie brauchte mich als moralische Unterstützung.

„Hast du ein schlechtes Gewissen?", fragte Andreas. „Nein, ich kann doch mit dir Kaffee trinken, da ist doch nichts dabei." Der Tierarzt sah Silke in einer Art an, dass Silke leicht errötete und sie den Blick senkte. „Soll ich dich morgen zur Beerdigung abholen? Die Jungs gehen auch mit, sie gehören zur Familie, und ich würde mich freuen, wenn Siley ebenfalls dabei wäre. „Okay.

Wann holst du uns ab?" „Ich würde so gegen 10 Uhr bei euch sein." „Gut, dann sind wir fertig. Jetzt muss ich mich um die Schafe und Hühner kümmern." Silke stellte ihren halbvollen Becher auf den Tisch und gab mir mit einer Geste zu verstehen, dass wir loswollten. Andreas begleitete uns zum Wagen und sah uns nach, bis wir aus seinem Blickfeld verschwunden waren. Silke schwieg die gesamte Fahrt nach Hause.

10

Silke stand am nächsten Tag früh auf und machte die Hofarbeit. Dann bürstete sie mir das Fell und ging selbst unter die Dusche. Viertel vor zehn stand sie duftend und in schwarzer Jeans und Bluse in der Küche. „Du bist ja immer passend gekleidet.", sagte sie zu mir. „Benimm dich bitte, das ist eine Beerdigung und kein Ort zum Spielen." Ich hob die Pfote und dachte mir, dass sie das nur zu mir sagte, um ihre Nervosität zu überspielen. Kurz vor zehn hupte es zweimal am Tor und Silke schloss die Türen ab. „Dann wollen wir mal..." Sie atmete tief durch und setzte ein fröhliches Gesicht auf. Andreas war ausgestiegen und erwartete uns. Ich erkannte ihn erst gar nicht in seinem schwarzen Anzug. Silke öffnete das Tor und begrüßte ihn, „Steht dir auch wohl." „Danke. Du siehst klasse aus. Wir werden zusammen eine gute Figur machen." Sein verschmitztes Lächeln strahlte an diesem Tag nicht so, wie sonst.

Ich saß mit dem irischen Wolfshund und Mischling im Kofferraum von Andreas Caddy. Silke drehte sich immer mal wieder zu mir um, ob ich mich wohlfühlte. Ich signalisierte ihr, dass ich mit den beiden anderen Rüden gut zurechtkam. Andreas sah Silke von der Seite an. „Geht es dir gut?" „Ja. Wieso?"

„Weil du so still bist." „Ich musste gerade an meinen Bruder denken. Er ist vor einigen Jahren verstorben." „Das tut mir leid." „Schon gut.", lächelte Silke ihn an. „Wo wird Thomas beigesetzt?" „Thomas und ich haben uns damals gegenseitig in allen Verfügungen eingesetzt und er hatte sich immer gewünscht, eine Baumbestattung zu haben. Weißt du, was das ist?" „Ja, mein Bruder wurde auch so beigesetzt und ich stelle mir das auch für mich vor. Die Vorstellung, unter einem Baum zu liegen und Teil von ihm zu werden, gefällt mir." „Das ist auch der Grund, warum ich später einmal so beigesetzt werden möchte." „Wie fühlst du dich?" „Es geht... ich bin sehr traurig, Thomas war mein bester Freund. Er wird mir sehr fehlen. Aber, dass du heute an meiner Seite bist, das macht es erträglicher." Silke lächelte und blickte verlegen aus dem Beifahrerfenster.

Die Trauergäste waren zum großen Teil Biker und der Rest waren Arbeitskollegen von Thomas Achtermann. Alle sahen betroffen aus und man ging schweigend zu der Stelle, an der eine Art Altar aufgebaut war. Ein paar Bänke standen auf dem Waldboden, auf denen die Trauergäste Platz nahmen. Der Pastor breitete seine Papiere aus. Ich saß brav neben Silke, die etwas weiter entfernt stehengeblieben war. Andreas sah sich suchend um. Als er Silke sah, kam er zu uns, seine beiden Hunde hatte er an der ersten Bank abgelegt, wo sie ruhig und würdevoll dalagen. Der Tierarzt nahm Silkes Hand und zog sie hinter sich her. „Du sitzt bei mir." Silke war es sichtlich unangenehm, an den uns fremden Menschen vorbei nach vorn geführt zu werden, doch sie folgte Andreas und setzte sich neben ihn. Es wurde gesungen und gebetet. Andreas stellte sich irgendwann nach vorn und erzählte etwas von Thomas, das die Trauergemeinde zum Lachen brachte. „Thomas wollte, dass man nicht zu sehr um ihn trauert. Vielmehr hatte er sich gewünscht, dass man ihn als den fröhlichen Menschen in Erinnerung behält." Andreas hatte Tränen in den Augen, doch er lächelte dabei und suchte immer wieder Silkes Blickkontakt. Als die Urne am Baum hinuntergelassen wurde richtete ich mich nach den beiden anderen Hunden und versuchte, nicht durch Stolpern aufzufallen. Der Waldboden war uneben, aber es roch fantastisch und ich hätte am liebsten meine Nase auf den Boden gedrückt und alles aufgesogen, doch ich musste mich beherrschen.

Als Andreas kurz die Fassung verlor und aufschluchzte, legte Silke ihren Arm um seine Taille. Die beiden traten zurück und ich stellte mich hinter Silke, um den anderen Trauergästen den Weg zur Grabstelle freizumachen. Ich sah, wie Andreas verstohlen die Hand von Silke suchte. Er ergriff sie und die beiden sahen sich an. Ich war froh, als es vorbei war und wir wieder zum Auto gingen. Der Tierarzt hatte seine Hunde abgeleint und auch Silke ließ mich freilaufen. „Bleib in der Nähe.", wies sie mich an. „Wollen wir noch kurz durch den Wald gehen?" „Gerne" antwortete Silke. Die Trauergäste waren nach und nach abgefahren und wir schlenderten den Waldweg entlang. Ich warf immer mal wieder einen Blick zu Silke, damit ich sie nicht verlor. Doch meine Sorge war unbegründet, denn sie lief Hand in Hand mit Andreas hinter mir und den Rüden her.

Der Weg führte zurück zum Parkplatz und Andreas ließ uns drei Hunde in den Caddy springen. „Wollen wir etwas zusammen essen?", fragte Andreas. Silke hatte die Beifahrertür geöffnet und gesehen, dass sie einen Anruf verpasst hatte. „Marc Rohloff hat angerufen.", sagte sie, „Ich rufe ihn kurz zurück." „In Ordnung." Silke sprach kurz mit dem Kommissar und winkte Andreas zu sich. „Sie haben vielleicht den Kastenwagen gefunden.", flüsterte sie ihm zu. „Ich bin noch unterwegs, kann aber gleich schnell vorbeikommen." Silke legte auf und wandte sich an Andreas. „Marc möchte, dass ich mich kurz mit ihm treffe. Er war wohl bei mir gewesen und da ich nicht da war, ist er nun wieder auf dem Präsidium." „Dann wird das wohl nichts mit dem Essen." Die Enttäuschung stand Andreas ins Gesicht geschrieben. „Wenn du mich zum Präsidium fahren würdest, dann könnten wir danach etwas essen. Dauert nicht lange dort." Andreas Gesicht hellte sich sofort wieder auf. „Dann lass uns fahren." Er warf noch einen Blick zurück zu dem Baum, wo sein Freund Thomas nun beigesetzt war, dann stieg er ein und startete den Wagen. Silke legte die Hand auf seinen Arm, „Ist das wirklich in Ordnung für dich?" „Das ist es.", zwinkerte Andreas.

Marc Rohloff stand vor dem Präsidium und hielt nach unserem Auto Ausschau. Er ignorierte den schwarzen Caddy, der an ihm vorbeifuhr und parkte. „Da sind wir.", grüßte Silke ihn, als sie ausstieg. Marc sah verwundert auf den Wagen und dann zu Andreas. „Wir kommen gerade von der Beerdigung von Thomas Achtermann.", erklärte Silke ihm. „Es tut mir aufrichtig leid, dass Sie Ihren Freund verloren haben." Marc gab Andreas die Hand. „Danke." „Du sagtest am Telefon, du habest einen Kastenwagen gefunden, auf den die Beschreibung passt?" „Die Kollegen haben in Vreschen-Bokel einen weißen

Kastenwagen entdeckt und den Halter ermittelt. Sie sollten jeden Moment hier sein." Alle drei drehten sich zur Straße, als ein Streifenwagen vorfuhr, dem ein Kastenwagen folgte. Silke hatte mich aus dem Auto geholt, damit ich schauen und an dem Wagen schnuppern konnte. Ich zeigte keinerlei Interesse daran. „Das ist er nicht.", sagte Silke, „Ich erinnere mich, dass der Wagen an der Seite einen roten Streifen hatte." „Aber hinten ist eine Blume drauf.", machte Marc aufmerksam. Wir gingen um den Wagen herum. „Das war eine andere Blume. Es war auch nur eine und nicht so viele." „Bist du ganz sicher?" Silke sah mich an und ich schüttelte mich. „Ja, ganz sicher." Marc ließ die Schultern hängen. „Das wäre aber auch zu schön gewesen." Er trat zu seinen Kollegen und sprach mit ihnen. Danach entließ er den Fahrer mit seinem Kastenwagen, der volles Verständnis zeigte und uns bei den Ermittlungen viel Erfolg wünschte.

Andreas hatte Silke meine Leine abgenommen und brachte mich wieder in den Kofferraum. Marc sah ihm hinterher und fragte Silke leise, „Das ist doch der Steiner, oder? Wieso bist du mit ihm unterwegs?" „Er hatte mich gebeten, ihn zur Beisetzung zu begleiten." „Was ist mit Rainer?" Silke winkte ab. „Nicht jetzt... Rainer ist spontan verreist. Wir können morgen telefonieren oder du kommst vorbei." Marc wollte noch etwas sagen, schwieg aber, als er sah, dass Andreas wieder zu ihnen trat. „Ich halte dich auf dem Laufenden.", sagte er zu Silke. „Wir arbeiten mit Hochdruck an dem Fall." Silke stieg mit Andreas ins Auto und winkte Marc im Vorbeifahren noch kurz zu, dem seine Verwunderung deutlich anzusehen war.

„Auf was hast du Hunger?", fragte Andreas. „Mir reicht eine Kleinigkeit.", gab Silke zurück. „Dann habe ich eine Idee. Ich halte kurz beim Supermarkt an und besorge ein paar Sachen, die ich uns bei mir fertigmache." Silke warf ihm einen fragenden Blick zu. „Warte kurz, ich springe schnell in den Laden. Ich bin gleich wieder da." Andreas verschwand im Supermarkt und kam ziemlich schnell wieder raus. Er verstaute die große Tüte auf der Rückbank und fuhr uns dann zu sich nach Hause. „Holst du die Hunde raus?" „Klar.", sagte Silke und ich freute mich, als sie mich kurz umarmte. „Ist das richtig, was ich hier mache?", flüsterte sie mir ins Ohr. Für mich fühlte es sich richtig an und so leckte ich ihr die Hand. Wir liefen zu den anderen, die an der Tür auf uns warteten. „Herzlich Willkommen in meinem Heim." Andreas machte eine theatralische Geste und Silke dankte ihm die Einladung mit einem Knicks. Die beiden fingen an zu lachen und ich wunderte mich wieder einmal über die Menschen.

Der irische Wolfshund Jimmy hatte sich in sein Bett im großen Eingangsbereich gelegt. Mischling Wolfi soff in der Küche aus seinem Napf. Ich lief neugierig umher, bis Silke mich zu sich rief. „Hier, nimm etwas Wasser." Dankbar nahm ich das Wasser aus dem Napf an, den sie mir hinhielt. Vor lauter Aufregung hatte ich vergessen, dass ich Durst hatte. Andreas stand in der Küche und bereitete kleine Snacks vor. „Meine Kochkünste sind begrenzt.", scherzte er. „Da bist du nicht allein." Silke beobachtete ihn aus den Augenwinkeln. Sie saß angespannt vorn auf der Stuhlkante. „Das muss noch etwas durchziehen, so lange zeige ich dir mein Häuschen." Er zog Silke vom Stuhl und führte sie herum. „Ich habe das Haus vor elf Jahren gekauft, als ich beschloss, mich mit einer eigenen Praxis niederzulassen. Davor habe ich in einer Tierklinik gearbeitet, wollte aber mein eigener Chef sein." Andreas öffnete eine Tür, hinter der sich die Praxis befand. „Den früheren Stallteil des Hauses habe ich zur Praxis umgebaut." „Sehr ordentlich.", lobte Silke. „Das will ich doch wohl meinen. Meine Schwester Christine macht hier täglich sauber. Sie ist vor kurzem sechzig geworden und arbeitet hauptberuflich in einem Büro für

Brunnenbau. Abends kommt sie dann nach Feierabend noch hierher und unterstützt mich, indem sie die Praxis reinigt. Wir haben ein sehr gutes Verhältnis."

Der Rundgang führte weiter durch das Haus, das im Industriestil eingerichtet war. „Deko wirst du bei mir kaum finden. Alles ist eher funktional." Silke sah sich um und ihr Blick fiel auf ein Motorrad, das mitten im Wohnzimmer stand. „Das ist aber nicht die Maschine, mit der du bei mir warst, oder?" „Das ist meine Harley, die ich seit vielen Jahren besitze. Die hat einen Verbrennermotor. Ich fahre sie auch regelmäßig. Mein Caddy ist ein Diesel. Auf den ersten Blick passt das für dich sicher nicht zusammen." Andreas schaute Silke an. „Doch. Es ist alles noch nicht so ausgereift, dass man vollständig auf die altbewährte Technik verzichten kann." „Ganz genau. Ich muss manchmal auch auf Weiden fahren, da komme ich mit einem Diesel besser durch. Und meine gute alte Harley wegzutun, das bringe ich nicht fertig." „Das wäre auch sinnlose Verschwendung." „Schön, dass du da bist. Lass uns essen." Andreas legte den Arm um Silke.

Andreas hatte kleine Snacks zubereitet, von denen auch wir Hunde etwas abbekamen. Mir gefiel dieser Mann, er strahlte eine Ruhe aus, die auf Silke überging. Die beiden unterhielten sich über das Leben und ihre Vorstellungen vom Leben. Andreas sah auf die Uhr und Silke deutete die Geste, dass er uns nach Hause bringen wollte. Sie griff nach Ihrer Jacke. „Willst du schon los?", fragte Andreas sie. „Ich möchte gerne noch zur Unfallstelle und eine Kerze für Thomas anzünden." „Bringst du uns vorher nach Hause?" Silke zog ihre Jacke an. „Ungern. Es wäre toll, wenn du mich begleiten würdest. Das würde den Tag für mich abrunden." Silke holte Rat bei mir und ich zwinkerte ihr zu. „Siley scheint einverstanden zu sein.", stimmte sie dann zu. „Ich hole den Helm und die Jacke von meiner Schwester, die Sachen sollten dir passen.", schätzte Andreas. „Wir fahren mit dem Motorrad dorthin.", ergänzte er. „Oh..." „Siley kann bei den Jungs bleiben, es dauert ja nicht lange." Ich hatte mich zu Jimmy gelegt, der mir ohne Murren etwas Platz machte.

Silke und Andreas standen draußen und ich verfolgte das Geschehen durch die Scheiben der Eingangstür. Ich winselte leise, denn ich war es nicht gewohnt, dass ich woanders blieb. Wolfi kam zu mir und stupste mich an, damit ich ihm wieder ins Wohnzimmer folgte. Zögerlich lief ich ihm nach, schaute aber immer wieder durch die Scheibe und sah, wie Silke hinter Andreas auf das Motorrad aufstieg. Sie hatte sich zaghaft an ihm festgehalten und er nahm ihre Hände und legte sie um sich. Die Maschine fuhr vom Hof und ich ging zu Andreas Hunden.

Die Fahrt führte Silke und Andreas an dem Bikertreff vorbei und hinter der Kurve bremst Andreas ab und hielt an der Stelle, wo Thomas Achtermann tödlich verunglückt war. Die beiden stiegen ab und nahmen die Helme von den Köpfen. Andreas holte ein Grablicht aus seine Packtasche, die er neben dem Kreuz anzündete. Silke blieb ein paar Schritte hinter ihm stehen und wartete geduldig, bis er mit seinem Gebet fertig war. Andreas streckte seinen Arm in Richtung Silke, damit sie zu ihm kam. Silke folgte seinem Wunsch und er nahm wieder ihre Hand. „Ich kann es immer noch nicht wirklich glauben." Silke sah ihn voller Mitgefühl an. „Er ist zwar nicht mehr hier, aber er wird immer da sein.", sagte sie. Andreas lächelte. „Danke." Ein Wagen näherte sich und Andreas vergewisserte sich, dass seine Maschine nicht die Durchfahrt versperrte, doch dann sah er, dass ein weißer Kastenwagen sich von Detern aus näherte. „Guck... da..." Silke drehte sich um und dann sah sie ihn auch. „Es ist das gleiche Modell.", flüsterte sie aufgeregt. Der Kastenwagen verlangsamte sein Tempo, der Fahrer sah zu Silke und

Andreas hinüber und beschleunigte dann wieder. „Steig auf." Silke hatte den Helm bereits wieder auf dem Kopf und wartete, dass sie hinter Andreas aufsitzen konnte. Andreas startete die Maschine, fuhr eine Kurve über die Straße und gab Gas. Silke lehnte sich an ihn und hielt sich an ihm fest. Sie fuhren in schneller Geschwindigkeit hinter dem weißen Kastenwagen her. Dieser hatte nach dem Motorradtreff stark beschleunigt und fuhr fast Mitte der Straße. Andreas blieb dran und bog in die Straße ein, in der der Kastenwagen verschwunden war.

Andreas fuhr langsam die schmale Siedlungsstraße hoch und hielt mit Silke Ausschau nach dem Wagen. Diese entdeckte ihn und machte Andreas darauf aufmerksam. Sie fuhren auf die Einfahrt des kleinen Bungalows und stoppten. Ein älterer Herr trug Holz hinter seinen Schuppen. „Ja bitte?", fragte er, als er uns bemerkte. „Habe ich sie nicht gerade eben an der Stelle gesehen, wo vor ein paar Tagen der Motorradfahrer tödlich verunglückt ist?" „Ja, das waren wir.", begann Silke. „Es tut uns leid, wir hatten gedacht, dass Sie ein Bekannter von uns sind, aber da haben wir uns getäuscht." „Macht doch nichts.", lächelte der Herr freundlich. Silke drängte Andreas, loszufahren und sie winkte dem Mann noch einmal zu, der damit weitermachte, Holz hinter das Haus zu tragen.

Auf dem nächsten Parkstreifen hielt Andreas an. „An dem Wagen fehlte die Blume und auch der rote Streifen, der an den Seiten drumherum war." Andreas sah sie an. „Ich war ganz froh, dass du zur Abfahrt geblasen hast. Keine Ahnung, was ich getan hätte, wenn es der Wagen gewesen wäre, der Thomas umgebracht hat." Sein Blick war furchterregend. „Schau bitte nicht so... Das macht mir Angst.", gab Silke zu. Andreas rieb sich die Augen. „Ich bin gar nicht so... Harmonie und Frieden sind mir wichtig. Nur, wenn ich Ungerechtigkeit sehe, dann kann es mit mir durchgehen." „Ich bin nicht anders, daher verstehe ich dich sehr gut. Trotzdem..." „Du hast Recht. Das hätte Thomas nicht geholfen." Er sah Silke an, „Aufsitzen, Lady, wir reiten heim." Silke lachte und Andreas brachte sie wieder zu mir.

Ich konnte den Fahrtwind noch an ihr riechen und wich Silke nicht von der Seite. „Du bist toll mit deinem Hund." „ich gebe mir Mühe.", sagte Silke. Andreas fuhr uns nach Hause, wo Silke sich für den Stall umzog und lächelnd vor sich hin pfiff. Sie hatte blendende Laune und alberte mit mir herum.

11

„Hast du heute nochmal Lust, mit mir in Detern mit den Hunden zu laufen?" Andreas rief am nächsten Morgen bei Silke an. „Ich habe heute noch einen Termin in Detern, Kuh mit Mastitis. Danach könnten wir uns in Holtgast am Schöpfwerk treffen. Sofern du noch nichts anderes vorhast." „Hat dir meine Gesellschaft gestern noch nicht gereicht?" „Ehrlich gesagt... ich hätte gern noch länger mit dir zusammengesessen." Silke sah zu mir herunter mit einer Mischung aus Staunen und Freude. „Ich muss gleich die Stallarbeit machen. Gegen Mittag hätte ich Zeit." „Dann sagen wir gegen 12:30 Uhr?" „Das passt." „Es ist mir eine Freude, dich dort zu treffen..." Silke legte auf und klatschte in die Hände. Ich sprang um sie herum, denn auch mir war es eine Freude, Andreas mit Jimmy und Wolfi wiederzusehen.

Gerade, als wir in den Stall wollten, klingelte Silkes Handy erneut. „Lüttmann. Ach, du bist es." Christian war dran und erkundigte sich, wie der Fall vorankam. Silke sagte ihm, dass wir noch nicht viel weiter waren. „Liegt es daran, dass Andreas so oft bei dir ist?", fragte er neugierig. „Wie meinst du das?" „Rainer hat mich angerufen. Er ist auf Ibiza, wie er sagte." „Na dann... da weißt du mehr als ich. Bei mir hat er sich seit drei Tagen nicht mehr gemeldet." „Willst du darüber reden?" „Nein.", Silkes Ton war patzig. „Okay. Du weißt, ich bin immer für dich da." „Das weiß ich.", lenkte Silke ein, „Rainer ist ein wichtiger Mensch für mich, aber er behandelt mich zu oft von oben herab. Diese Auszeit tut uns beiden wohl ganz gut." „Andreas ist ganz begeistert von dir." „Wir können super reden." „Grüß ihn bitte von mir. Er soll sich mal melden bei mir." „Mache ich." Der Anwalt legte auf und Silke verdrehte die Augen. „Wieso ist das immer so kompliziert mit Rainer?" Ich gab ein gurrendes Geräusch von mir, um Silke daran zu erinnern, dass wir losmussten. „Auf geht's.", stimmte Silke mir zu und schlüpfte in ihre Gummistiefel.

Die Schafe blökten in ihren Boxen, sie warteten darauf, endlich auf die Weide zu dürfen und als Silke die Stalltür öffnete, sprangen sie eilig hinaus, um sich auf der Südweide zu verteilen. Ich schlenderte um die Weide und wartete darauf, dass Silke mit ihrer Arbeit fertig war, da hörte ich Marc am Tor rufen. „Moin. Jemand zu Hause?" Silke kam mit einer Forke aus dem Stall. „Wo sollen wir denn sonst sein?", lachte Silke. „Mit fremden Männern unterwegs vielleicht.", alberte der Kommissar herum. „Fang du nicht auch noch an.", rollte Silke mit den Augen. „Rainer hat mich gestern angerufen.", gab Marc zu. „Lass uns von etwas anderem reden... Was macht die Fahndung nach dem Kastenwagen?" „Wir haben leider keinen weiteren Wagen ermitteln können, auf den die Beschreibung von dir und Jürgen Keller passt." Siley und ich treffen uns später mit Andreas Steiner in Holtgast. Vorher wollen wir noch einmal die Strecke abfahren. Vielleicht fällt Siley doch noch etwas anderes auf." „So, so... Ihr trefft euch wieder.", stichelte Marc. „Hör auf!", Silke boxte Marc auf den Arm. „Ist ja gut... Ich habe gestern ein Team zusammengestellt, mit dem ich die anderen Motorradclubs unter die Lupe nehmen will. Da scheint mir mehr dahinterzustecken, denn es wäre doch ein seltsamer Zufall, dass ausgerechnet auf zwei Mitglieder des MCG-Attentate verübt wurden." Silke sah ihn zweifelnd an. „Ich denke nicht, dass dort der Täter zu finden sein wird." „Da ich sonst aber keinen weiteren Anhaltspunkt habe, bleibt mir momentan nichts anderes übrig. Jürgen Keller wird nächste Woche aus dem Krankenhaus entlassen, ich habe Polizeischutz veranlasst." „Hast du noch etwas von der verletzten Klimaaktivistin gehört?" „Sie hat nur eine leichte Gehirnerschütterung und eine Platzwunde gehabt. Vermutlich sitzt sie nun mit den anderen schon wieder vor dem Rathaus." Marc schnaubte wütend.

„Diese Aktionen mögen ja gut gemeint sein, aber sie kosten Unmengen an Steuergeldern, weil auch jetzt wieder ein großes Aufgebot an Beamten zur Sicherung abgestellt wurde. Andere Dinge treten da in den Hintergrund. Die Anzahl der Einbrüche ist gestiegen, aber die Beamten sind nur noch beschäftigt, Demonstrationen, die nicht einmal angemeldet sind, zu sichern."

„Du hast meine Meinung dazu ja schon gehört... Nur mit Plakaten herumtragen und sich festkleben, bewirkt man nicht wirklich etwas, Taten wären gefragt."

Nachdem Marc gegangen war, stürzte sich Silke wieder auf die Hofarbeit und sprang dann unter die Dusche. „Fertig. Wir könnten losfahren.", sagte sie um kurz vor elf zu mir. Sofort sprang ich aus meinem Hundebettchen und ließ mir das Geschirr anziehen. „Mein Plan ist wie folgt: Wir fahren die Strecke noch einmal langsam und versuchen uns zu erinnern, wie der genaue Ablauf gewesen ist, als Thomas Achtermann von der Straße gedrängt worden war." Ich freute mich, endlich wieder mit der Detektivarbeit weiterzumachen und saß auf meinem Platz im Kofferraum. Auf der Straße waren noch deutlich die Markierungen der Polizei zu erkennen. Wir fuhren an ihnen vorbei, wendeten am Französischen Weg und Silke fuhr dann in gemäßigtem Tempo zurück. „Halt gut die Augen auf.", sagte sie zu mir. Ich sah mich in alle Richtungen um und erinnerte mich genau daran, auf welcher Höhe uns der Kastenwagen überholt hatte. Er musste das vor uns fahrende Motorrad gesehen haben. Vor meinem geistigen Auge wiederholte sich der Unfall wieder und es war ganz klar, dass der Fahrer es auf den Biker abgesehen hatte. Es war ihm sogar egal gewesen, dass Silke und ich Zeuge des Ganzen geworden waren, bemerkte ich dabei. Silke wendete auf dem Parkplatz des Bikertreffs, fuhr zurück, um ein weiteres Mal die Strecke abzufahren.

Wir waren beide sehr auf den Straßenrand konzentriert, ob uns irgendein Hinweis entgangen sein könnte, als unser Auto einen gewaltigen Satz nach vorn machte. Es war uns jemand auf dem geraden Stück aufgefahren. Ich bekam einen gewaltigen Schlag ins Kreuz dabei und wurde nach vorne geruckt. Silke sah in den Rückspiegel. „Das kann doch nicht sein...", sagte sie entsetzt und ich drehte mich um. Hinter uns fuhr der weiße Kastenwagen, der erneut ansetze, uns zu rammen. Silke zog das Lenkrad nach rechts, um auszuweichen, doch der Kastenwagen traf uns hinten links und ich hatte Mühe, nicht umzufallen. Das metallene Geräusch, als er uns weiter anschob, schrillte in meinen Ohren und ich fing an wütend zu bellen. Silke gab Gas, doch unser Auto war alt und der Kastenwagen blieb an uns dran. Er schob uns nach rechts von der Straße, über die Berme auf den Radweg. Silke lenkte nach links, um dort wegzukommen, doch der Kastenwagen drückte unser Auto weiter nach rechts. Im Spiegel konnte ich Silkes Panik sehen, sie kämpfte dagegen an, dass wir nicht den Abhang hinunterrutschten. Vergeblich. Unser Wagen rutschte immer weiter und ich wurde im Kofferraum hin- und hergeschleudert. Vor Schmerzen jaulte ich mehrmals laut auf. „SILEY!" schrie Silke.

Die plötzliche Stille war unheimlich. Ich lag quer im Kofferraum und hatte Mühe, mich zu orientieren. Silke zerrte an ihrem Gurt, damit er sich löste und riss die Tür auf. Unser Wagen rutsche bei noch weiter die Böschung runter und hing nun fast in der Jümme. Ich versuchte auf die Fahrerseite zu robben, doch meine Beine versagten ihren Dienst. Durch die Kofferraumscheibe sah ich Silke Gesicht, die vorsichtig die Klappe öffnete. „Bleib liegen.", sagte sie. Blut lief über ihr Gesicht, aber sie sorgte sich nur um mich. Mit großen Augen sah ich sie an, ich wusste, sie würde nicht zulassen, dass ich ins Wasser fiel und blieb flach liegen. „Nicht bewegen. Ich bin da." Ihre Worte beruhigten mich und ich hechelte nicht mehr ganz so stark.

Silke lehnte sich in den Kofferraum, so weit sie konnte, aber da der Wagen kopfüber im Schlot hing, bekam sie mich nicht richtig zu fassen. Wieder rutschte der Wagen etwas weiter nach vorne und damit näher an das Wasser heran. „Ich hole ihn raus.", sagte eine Stimme hinter Silke und schob sie beiseite. „Ich will dir helfen, mein Freund. Aber es konnte etwas weh tun." Die Hand, die nach mir griff, kannte ich, es war Andreas, und ich leckte sie kurz. Vorsichtig zog er mich an meinem Geschirr näher zu sich heran. Ich bemühte mich, nicht zu winseln, aber die Schmerzen in meinem Brustkorb waren fast nicht auszuhalten. „Ich habe dich." Er legte seine Arme um mich und hob mich mit starkem Griff an. Silke hielt meinen Kopf und sie weinte fürchterlich. „Mein Engelchen.", flüsterte sie immer wieder. Andreas trug mich zu seinem Wagen. Silke öffnete die Türen des Kofferraums und er legte mich hinein. „Was ist passiert?", fragte er. „Der Kastenwagen hat uns abgedrängt. Ich konnte nichts dagegen tun, mein altes Auto hat nicht die Power gehabt." Andreas sah sie an und strich ihr eine Haarsträhne aus dem Gesicht. „Du bist verletzt." Silke fühlte ihre Platzwunde. „Das ist egal. Was ist mit Siley?", flüsterte sie. „Ist er schwer verletzt?" Sie weinte wieder. „Beruhige dich. Ich habe ihn abgetastet. Er hat sicherlich schwere Prellungen davongetragen, aber er wird wieder." Ich winselte und Silke beugte sich über mich. Sie streichelte mir den Kopf und ich hob ihn etwas an. „Ruf die Polizei an." Silke tat, was Andreas sagte, sie selbst war zu sehr in Sorge um mich, als dass sie klar denken konnte.

Marc kam mit Blaulicht vorgefahren. Er war entsetzt und rief Streifenwagen dazu, die die Straße sperren sollten. Ein Abschleppwagen wurde angefordert, der unseren Wagen, der langsam immer weiter abgerutscht war, auf seine Ladefläche zog. Andreas sorgte dafür, dass unser Auto, das ziemlich mitgenommen aussah, in die Werkstatt einen Freundes von ihm gebracht wurde. „Er kann dir das Auto reparieren." „Aber erst, wenn die kriminaltechnischen Untersuchungen daran abgeschlossen sind.", bemerkte Marc. „Dies ist der bereits dritte Anschlag auf dieser Strecke. Ich war davon ausgegangen, dass es sich im eine Fehde zwischen Motorradclubs handeln könnte, doch der Anschlag auf Silke zeigt, deutlich, dass es sich um ein anderes Motiv handeln muss." Silke stand etwas neben sich, als Marc sie befragte. „Soll ich einen Krankenwagen rufen.?" „Nein, mir geht es gut.", wehrte Silke entschieden ab. Sie hatte die ganze Zeit neben mir gesessen und mir den Kopf gestreichelt. „Wir sind hier fertig.", sagte Marc nach etwa einer Stunde. „Soll ich dich nach Hause bringen?" „Das mache ich.", sagte Andreas und dankte Marc für seine Mühe. Dieser sah ihn verwundert an, zuckte mit den Schultern und fuhr los.

Silke wollte aufstehen, sackte dann aber zusammen. Andreas fing sie auf und setzte sie auf den Boden. Er hockte sich vor sie. „Hey. Schau mich mal an." Silke tat wie geheißen und er nahm ihr Kinn in die Hand. „Ich werde Siley gleich röntgen, aber der kleine Kerl scheint sich bereits wieder zu berappeln." Er zeigte in seinen Wagen, wo ich mich aufgerichtet hatte und neugierig hinausschaute. Mir taten die Knochen zwar noch sehr weh, aber ansonsten hatte ich den Schrecken gut verdaut. „Ich mache mir gerade mehr Sorgen um dich.", stellte der Tierarzt fest. „Brauchst du nicht.", Silke lächelte mich an, „Es war nur... Siley hatte so geschrien und ich dachte, ich verliere ihn." Ich setzte mich mühsam auf und bellte. „Er ist noch da und du auch." Andreas sah Silke liebevoll an. „Komm, wir fahren in die Praxis, dort bekommst du einen Schnaps und ich untersuche deinen Siley gründlich." Silke nickte und ließ sich von Andreas zum Auto bringen. „Du willst sicher hinten bei

Siley sitzen." Silke lächelte nun ihn an und Andreas schloss die Türen.

Auf dem Hof von Andreas ging es mir so gut, dass ich allein aus dem Auto springen konnte. Silke lief neben mir her und hatte acht auf mich. „Wir gehen gleich in die Praxis.", meinte Andreas und wir folgten ihm. „Halt kurz still." Ich lag auf dem Behandlungstisch und der Tierarzt machte Röntgenaufnahmen von mir. Silke saß dabei auf einem Stuhl und wartete. „So, den ersten Patienten hätte ich versorgt, nun kommst du dran." Mit einem Verbandskasten setzte er sich vor Silke und säuberte ihre Platzwunde. „Da wird eine Narbe bleiben.", sagte er. „Ich habe schon so viele Narben, die eine mehr wird es nicht machen.", winkte Silke ab. Andreas nähte die Wunde mit 4 Stichen und klebte Verband darauf. „So, fast wie neu.", strahlte er Silke an, die ihn mit ihren braunen Augen dankbar ansah. „Danke, dass du Siley da rausgeholt hast." „Das ist doch selbstverständlich. Aber du kannst dir meinen Schrecken nicht vorstellen, als ich von Detern kommend deinen Wagen hochkant in der Böschung liegen sah und dich, wie du verzweifelst versucht hast, Siley da rauszuholen." Andreas sah kurz zur Seite, doch ich konnte deutlich sehen, dass er Tränen in den Augen hatte. „Lass uns in die Wohnung gehen. Der Schnaps wartet und die

Aufnahmen von Siley sagen, dass er nicht gebrochen und auch keine inneren Verletzungen hat."

Ich wurde von Jimmy und Wolfi vorsichtig in Empfang genommen. Sie merkten mir an, dass ich etwas lädiert war und nahmen mich behutsam unter ihre Fittiche. „Die Jungs kommen allein klar.", sagte Andreas. „Was wolltest du eigentlich auf dem Stück? Wir waren doch in Holtgast verabredet." „Siley und ich wollten uns den Straßenteil noch einmal genauer ansehen, wo der Kastenwagen deine Freunde abgedrängt hat. Die Polizei kommt bisher auch nicht wirklich weiter. Ich war so konzentriert gewesen, dass ich den Wagen nicht im Rückspiegel kommen sehen habe." Silke ließ den Kopf hängen. „Hast du Rainer schon angerufen?" Silke schüttelte den Kopf. „Ruf ihn an, während ich Kaffee aufsetze und uns einen Schnaps hole, ich brauche nun einen auf den Schrecken." Andreas ließ Silke allein, damit sie telefonieren konnte. Als er wiederkam brachte er auf einem Tablett Kaffee, Kekse und auch für uns Hunde etwas mit. „Was sagt er?" „Er hat mich weggedrückt." Andreas schwieg, aber sein Gesichtsausdruck sprach für sich.

„Ich fahre dich gleich nach Hause. Dann packst du ein paar Sachen und bleibst die Nacht bei mir." Silke sah ihn erstaunt an. „Das geht nicht, ich muss die Schafe abends noch in den Stall bringen." „Das mache ich. Meine Eltern hatten früher eine kleine Landwirtschaft, ich weiß, was ich zu tun habe.", sagte Andreas in einem Ton, der keine Widerworte duldete. Er lächelte dabei. „Ich möchte nicht, dass du heute alleine bist. Und außerdem will ich Siley eine Nacht unter Beobachtung hierbehalten.", zwinkerte er. Silke sah mich an, wie ich zwischen Jimmy und Wolfi lag und deren Gesellschaft genoss. „Es sei denn, du willst lieber eine Freundin anrufen.", fuhr Andreas fort. „Hanne ist im Urlaub und Tina wohnt weiter weg." „Dann ist das also beschlossen, Ihr bleibt heute Nacht meine Gäste.", freute sich Andreas. Silke gab sich geschlagen. „Danke. Ich bleibe nur wegen Siley." „Nur seinetwegen?" Andreas sah Silke mit geneigtem Kopf an.

12

Andreas gab mir am Abend etwas gegen die Schmerzen, wovon ich sehr müde wurde und mich in mein von Silke mitgebrachte Hundebett legte. Jimmy und Wolfi drapierten sich um mich herum und mir fielen die Augen zu. „Das war nur ein leichtes Schmerzmittel, damit Siley sich entspannen kann, so kann er die Nacht durchschlafen.", hörte ich Andreas sagen und drückte meinen Kopf noch etwas an Silkes Hand, die mich liebkoste. Andreas nahm ihre Hand und zog sie zum Sofa. „Nun entspann du dich auch etwas.", mit ernstem Gesicht sah er sie an, „Du musst auf dich aufpassen." Silke winkte ab. „Doch. Für Siley...", neckte er sie. Die beiden saßen nebeneinander auf dem Sofa und wussten nicht, was sie sagen sollten, als plötzlich jemand ins Haus kam. Ich hob träge den Kopf, war aber zu müde, um aufzustehen. Andreas und die Jungs blieben unbeeindruckt, nur Silke sah erschrocken zu Tür. „Das ist Christine.", sagte er mit Blick auf die Uhr.

Die Tür öffnete sich und eine Frau schaute herein. „Hallo. Ich bin...", sie unterbrach, „Oh, entschuldige, ich wusste nicht, dass du Besuch hast." Andreas winkte sie herein, „Komm ruhig rein. Das ist Silke und da hinten liegt ihr Hund Siley. Die beiden hatten heute einen... sagen wir Unfall." „Hallo. Ich bin Christine.", stellte sich die Schwester von Andreas persönlich bei Silke vor. „"Ich bin Silke, Hallo." „Endlich lerne ich dich kennen. Mein kleiner Bruder hat die letzten Tage sehr viel von dir gesprochen." Andreas räusperte sich und machte eine deutliche Geste, dass Christine schweigen sollte. Sie lachte nur und Andreas verdrehte die Augen. „Tine liebt es, mich in Verlegenheit zu bringen.", grinste er. „Willst du mit uns essen? Silke bleibt mit ihrem Hund heute hier, da ich Siley gern die Nacht unter Beobachtung halten möchte." „Was hast du denn da?", fragte Christine. „Ich wollte Pizza machen. Ich habe noch Ofenfrische im Tiefkühler." „Da sage ich nicht Nein. Bei der Ofenfrische bin ich gern dabei. Ich will euch aber nicht stören." „Du störst nicht.", sagte Silke, „Ich bin nur Gast und kann auch gern so lange spazieren gehen." Silke war im Begriff, aufzustehen, doch Andreas hielt sie am Arm fest. „Du bleibst. Sitz!", bestimmte er. Christine lacht laut auf, „Wenn der Doktor etwas sagt, dann muss man hören."

Andreas ging in die Küche und hantiere dort herum. Seine Schwester Christine neigte sich von ihrem Sessel aus vor zu Silke. „Du hattest einen Unfall?" „Ja...", Silke überlegte, was sie sagen sollte,

„Siley und ich wurden von jemanden von der Straße gedrängt." „Oh. Das ist ja wie bei Thomas. Andreas leidet mehr unter seinem Tod, als er zugibt. Dann Jürgen, der verunglückt ist und nun du. Mein Bruder mag hart aussehen, aber er ist im Innern ein sensibler und harmonischer Mensch." Christine sah Silke neugierig an. „Er sagte, Ihr habt euch über Christian kennengelernt?" „Stimmt. Christian ist ein langjähriger Freund von mir, er hat uns miteinander bekannt gemacht." Aus Silkes Stimme konnte man hören, dass sie verwundert war. Andreas schien seiner Schwester nicht die genauen Umstände der Unfälle von Thomas und Jürgen erzählt zu haben.

„Fragt Tine dir Löcher in den Bauch?", kam Andreas aus der Küche wieder. „Ich sagte nur, dass drei Verkehrsunfälle in kurzer Zeit schon hart sind." Silke zuckte mit den Schultern als Andreas sie ansah. „Tine... reg dich nun bitte nicht auf." „Wie bitte?" Christine sah ihn verwirrt an, „Worüber soll ich mich nicht aufregen? Ist doch keine Ofenfrische mehr da?" „Doch, ich habe drei Pizzen in den Ofen geschoben.", er zeigte in die Küche. „Es geht um die Unfälle... Das waren Anschläge... alle drei Male." Christine saß mit offenem Mund da. „Ich habe dir das nicht gesagt, da du dir dann nur wieder Sorgen um mich gemacht hättest." „Das muss ich ja wohl auch.", entrüstete sie sich. „Dann wurde Thomas umgebracht? Und Jürgen hatte bloß Glück?" „Nimm ein Bier.", versuchte Andreas seine Schwester wieder runterzubringen. „Und der Unfall von dir, war auch ein versuchter Mord?" Silke zuckte erneut mit den Schultern. „Wir und auch die Polizei geht davon aus." „Ich brauche dringend ein Bier." Christine beruhigte sich langsam wieder. „Aber warum? Und vor allem wer tut so etwas?" „Das wissen wir noch nicht. Wir haben auch noch kein Motiv entdecken können.", gestand Silke. „Wir hatten ermittelt, als man uns von der Straße gedrängt hat." „Ermittelt?", wiederholte Christine. „Ja. Mein Hund hat schon einige Fälle aufgeklärt." „Christian hatte mir geraten, Silke und Siley bei der Aufklärung um Hilfe zu bitten, weil die Polizei anfangs von Unfall ausgegangen war, ich aber da meine Zweifel hatte. Zu Recht, wie sich nun herausgestellt hat." Christine sah Silke und Andreas abwechselnd an. „Warum wundere ich mich eigentlich?", sie grinste schief und trank von ihrem Bier. „Die Pizza ist fertig.", sah sie Andreas an, der aufsprang und in die Küche lief. „Bei Andreas bist du gut aufgehoben.", wandte sich Christine an Silke, bevor sie sich an den Esstisch setzte.

Nach dem Essen machte sich Christine auf den Weg, sie und Andreas umarmten sich. „Ich mache morgen selbst sauber.", zwinkerte er ihr zu. Als Andreas seine Schwester zur Tür brachte, stand Christian davor, er hatte gerade klingeln wollen, doch die Tür ging bereits auf. „Fliegender Wechsel.", sagte Christine und ging dann. „Ist Silke hier?", fragte Christian beim Eintreten. „Ich hatte vor einer guten Stunde einen Anruf von Marc Rohloff, dem Kommissar, der mir von dem Angriff auf Silke berichtet hat. Er sagte, du habest Silke nach Hause bringen wollen, doch als ich gerade dort war, war alles verschlossen und auch Siley hat auf mein Klingeln nicht gebellt." „Silke ist hier.", sagte Andreas und zeigte auf die Wohnzimmertür. „Ich habe sie und Siley zur Beobachtung hierbehalten." „Zur Beobachtung...", grinste Christian. „Siley wurde arg durchgeschüttelt, als Silkes Wagen abgedrängt wurde und ich musste ihn röntgen." Andreas setzte eine Unschuldsmine auf. „Mir machst du nichts vor." Der Anwalt schlug dem Tierarzt auf den Arm und lief direkt ins Wohnzimmer. „Kannst du mich nicht anrufen?", begrüßte er Silke. „Wieso? Es ist doch alles in Ordnung.", antwortete Silke. „Hat Rainer dich angerufen?" „Nein, hat er nicht. Als ich ihn versucht habe, zu erreichen, hat er mich weggedrückt." Christian staunte,

„Ich habe vor einer halben Stunde mit ihm gesprochen und ihm erzählt, was ich von Marc wusste." Er sah auf sein Handy und steckte es wieder weg. „Ich weiß nicht, was zwischen euch vorgefallen ist, aber dieses Mal ist es anders als sonst." Christian zog den Sessel näher zu Silke. „Wie geht es dir denn?" „Alles ok. Siley hat alles gut überstanden. Er hat wohl nur ordentliche Prellungen, die noch eine Weile schmerzen werden." „Schön, dass wir das geklärt haben. Ich fragte, wie es dir geht." „Christian, es geht mir wirklich gut. Nur mein Auto ist etwas lädiert." Er schüttelte sprachlos den Kopf. „Hast du ihr Drogen gegeben?", drehte er sich zu Andreas um. „Silke hat wohl Nerven wie Drahtseile.", zwinkerte Andreas.

Der Anwalt blieb noch auf ein Bier und schnappte sich dann sein Fahrrad. „Pass auf sie auf. Sie neigt zu Unvorsichtigkeiten." „Mach ich. Aber sag mal, was ist das mit Rainer?" Christian dachte kurz nach. „Die beiden kennen sich schon eine gefühlte Ewigkeit. Was genau da ist oder war, das habe ich offen gesagt nie durchblickt." „Bin ich der Grund, dass Silkes Freund nun auf Distanz geht?" „Mach dir darüber keine Gedanken. Ich bin der Ansicht, dass das Feuer bei den beiden schon vor längerem erloschen ist. Mehr als eine Art Freundschaft ist das wohl eher nicht mehr." Christian zog eine Augenbraue hoch. „Warum fragst du?" „Ach, nur so... Ich möchte nicht, dass Silke mit ihrem Freund meinetwegen Stress hat." Andreas blickte auf den Boden, als er dies sagte. „Wer es glaubt...", lachte Christian und schwang sich auf seinen Drahtesel.

Andreas hatte früh am Morgen nach mir gesehen und sich vergewissert, dass es mir gut ging. „Jungs, gebt noch kurz acht auf unseren kleinen Freund hier. Ich hole schnell Brötchen.", raunte er seinen Hunden zu. Er hatte in seinem kleinen Büro auf dem Klappsofa geschlafen und Silke das Bett überlassen, das sie nur widerwillig angenommen hatte. Sie schlief noch und auch ich machte die Augen nochmal zu. „Guten Morgen mein Schatz. Wie geht es dir?" Silke hockte neben meinem Bettchen und strich mir sanft über das Fell. Ich gähnte und fühlte mich großartig, wurde von der Realität aber sehr schnell eingeholt bei dem Versuch aufzustehen. Es brauchte ein paar Anläufe, bis ich meine schmerzenden Glieder sortiert hatte. „Ein paar Tage wird er noch mit den Schmerzen zu kämpfen haben, aber das legt sich wieder." Andreas war unbemerkt eingetreten. „Hast du gut geschlafen?" „Erstaunlicherweise ja." Andreas trat auf sie zu und nahm Silke nach kurzem Zögern in den Arm. Sie stand da und sah zu mir. Ich zwinkerte ihr zu und sie löste sich aus ihrer starren Haltung und lehnte sich an den Tierarzt.

Das Klingeln an der Haustür löste diesen Moment auf und die beiden lösten sich aus ihrer Umarmung. Andreas lächelte Silke an, die verlegen an ihren Haaren spielte. „Setz dich schon mal, wir können gleich frühstücken." Andreas ging durch die Eingangsdiele zu Tür und als er die Tür öffnete, standen mehrere Biker vor ihm. „Guten Morgen.", wurde er begrüßt, „Wir wollen bei der Suche nach dem Mörder von Achtermann unsere Hilfe anbieten. Viele Augen sehen mehr." Auf dem Hof standen vier Motorräder und die Fahrer der Maschinen trugen Kutten von anderen Clubs. Ich lugte verstohlen zwischen den Beinen von Andreas hindurch. „Ist das der Hund, der den Fall lösen soll?", fragte ein junger Biker und zeigte auf mich. Andreas sah sich um, erblickte mich und trat etwas zur Seite. „Ja, das ist Siley." Silke war zur Küchentür gekommen und sah ebenfalls zur Haustür. „Sie müssen die Frau sein, die gestern von dem Kastenwagen abgedrängt worden ist." „Das stimmt.", sagte Silke. „Wir haben Ihrem Freund gerade mitgeteilt, dass wir Sie unterstützen wollen, damit wir alle wieder sicher nach Holtgast cruisen können." Der Mann hatte die Arme in die Hüften gestemmt. „Die Polizei hatte uns anfangs in Verdacht, aber das kennen wir ja. Vorurteile kursieren ja zur Genüge über Motorradfahrer, vor allem über die, die Mitglieder eines Clubs sind."

Silke war an die Tür gekommen. „Danke, Leute, das ist großartig. Ich persönlich habe keinerlei Vorurteile, im Gegenteil, ich fahre gern mal in Holtgast vorbei und bestaune die Motorräder. Vor neun Jahren habe ich meinen Fahrerlaubnis dafür mal gemacht, aber gefahren bin ich leider nie." Der Sprecher der kleinen Gruppe vor uns hatte ein offenes Lächeln und, um Silkes Worten Nachdruck zu verleihen, lief ich freundlich wedelnd zwischen die gemischte Gruppe aus Frauen und Männern und ließ mich streicheln. „Gib dein Bestes, kleine Spürnase, damit endlich wieder Ruhe einkehrt und der oder die Täter ihre gerechte Strafe bekommen.", sagte eine Frau zu mir und strich mir über den Rücken. „Sollten wir den Wagen finden, der euern Kollegen getötet hat, rufen wir die Polizei." „Klasse, ich danke euch." Andreas gab dem jungen Mann die Hand und die Truppe setzte sich auf ihre Bikes und fuhr hupend vom Hof.

„Das ist das Tolle am Motorrad fahren. Biker halten zusammen. Ich verstehe nicht, warum wir vielfach einen so schlechten Ruf haben. Schwarze Schafe gibt es doch überall." „Sehe ich genauso.", stimmte Silke Andreas zu und auch ich gab meinen Kommentar mit einem Bellen dazu. Silke lachte und auch Andreas konnte sich das Grinsen nicht verkneifen. „So, nun gibt es aber Frühstück." Ich wartete sehnsüchtig auf meinen Anteil von Silkes Brötchen. „Typisch Labrador.", lachte Andreas. „Als Siley zu mir kam, da konnte er ja schon alles, außer Betteln, das habe ich ihm dann mühsam beigebracht.", konterte Silke. Die beiden unterhielten sich zwanglos über dieses und jenes und auch, dass Silke doch unbedingt Motorrad fahren solle.

13

Die Schafe warteten schon darauf, aus dem Stall gelassen zu werden. Andreas half Silke noch, den Stall auszumisten, nachdem die Schafe sich eilig auf die Koppel davongemacht hatten, dann verabschiedete er sich. Silke stand nah vor ihm und lächelte ihn an. „Danke nochmal, dass du dich so um uns gekümmert und vor allem Siley aus dem Auto geholt hast." „Es war mir eine Ehre. Ich bin froh, dass nicht mehr passiert ist." Mit diesen Worten nahm er Silke in den Arm und drückte ihren Kopf an seine Schulter. Ich drängte mich zwischen die beiden und Andreas sah zu mir. „Bist du eifersüchtig oder soll ich dich auch umarmen?" Ich wedelte erfreut mit der Rute und der Tierarzt nahm auch mich in den Arm, so, wie Silke es auch immer bei mir machte. „So Ihr beiden, ich mache mich auf." Silke nickte und öffnete das Einfahrtstor. In diesem Moment fuhr Rainer vor und bog in die Einfahrt.

„Meldest du dich?", fragte Andreas mit Blick auf Rainer, der mit unbewegter Miene aus seinem Wagen stieg. „Moin.", winkte Andreas zu ihm rüber. „Moin.", antwortete Rainer. „Ich bin hier nur in meiner Eigenschaft als Tierarzt,", erklärte Andreas und zwinkerte mir zu. Den Wink verstand ich und ging leicht humpelnd auf Rainer zu. Er sah mich an und streichelte mir halbherzig über den Kopf. „Ich fahre dann mal.", sagte Andreas zu Silke, stieg ein und fuhr vom Hof. „Wie geht es euch?", fragte Rainer, als zu uns rübergekommen war. „Christian hat mich angerufen und mir von dem Vorfall berichtet. Ich habe dann den nächsten Flug zurück gebucht." „Wir sind gut davongekommen, nur das Auto ist leider etwas kaputt." Rainer sah sich um. „Sonst auch alles in Ordnung?" Zwischen den beiden war eine befremdliche Distanz. Ich setzte mich neben Rainer und freute mich, ihn zu sehen. „Bist du wieder bei Ermittlungen in Gefahr geraten?" Ich winselte. „Willst du einen Kaffee?" „Nein, danke. Ich will gleich noch in die Kanzlei, möchte aber gern kurz mit dir reden." Silke zeigte auf die Gartenstühle und die beiden setzten sich dort. „Hast du dir Gedanken gemacht?" Silke kam auf die Auszeit zu sprechen. „Ja, aber ich würde gerne wissen, was du davon hälst." „Rainer, für mich hat sich an sich nichts geändert. Du warst immer einer der wichtigsten Menschen in meinem Leben. Das wirst du auch bleiben. Wir kennen uns schon sehr lange und irgendwann waren da meinerseits auch Gefühle. Aber... Das war eine Illusion, von der ich mich schon vor langer Zeit verabschiedet habe, ohne jedoch dies wahrzunehmen. So sehr ich dich auch schätze, doch deine Art, mich nicht ernst zu nehmen, die hat mich immer davon abgehalten, meine Gefühle dir gegenüber preiszugeben." Rainer sah sie mit großen Augen an. Ich merkte, dass er mit einer anderen Antwort von Silke gerechnet hatte und er musste sich kurz sammeln, bevor er antwortete. „Okay...", er suchte seine Worte mit Bedacht. „Weißt du, du hast das schon gut beschrieben. Es war eine Art von Gewohnheit oder Routine, die bei uns eingezogen ist." Rainer nahm Silkes Hand. „Dann bleibt alles, wie es war?" „Außer, dass du hier nicht mehr übernachtest und wir uns auch nicht mehr täglich sehen werden, wird unser Leben normal weitergehen. Ich werde dich auch weiterhin mit meinen spinnerten Ideen behelligen und um Rat fragen." Die Anspannung zwischen den beiden fiel plötzlich ab und die beiden fingen an zu lachen. Rainer fuhr dann los und hupte beim Wegfahren. Silke sah ihm nach als eine Fahrradklingel sie aus ihren Gedanken riss.

„Hallo.", winkte Christine, die Schwester von Andreas, mit einer Hand. Silke sah mich an und wunderte sich. „Hallo. Wo kommst du denn her?" „Ich fahre gerne Fahrrad und erkunde die Gegend. Aber dieser Weg war eine Sackgasse.", lachte sie und freute sich. „Dafür konnte ich ein paar hübsche Bilder von den Schafen da vorn auf der Weide machen." Christine zeigte hinter sich auf unsere Koppel. „Das sind meine Schafe." „Ach...", staunte Christine, dann wohnst du hier?" „Ja, ich lebe hier meinen Traum. Durch einen Glücksfall konnte ich diesen verwirklichen." Silkes Augen leuchteten, als die dies sagte. „Magst du einen Kaffee?", lud sie Christine ein. „Gern." Christine schaute neugierig in die Einfahrt. Ich lief um die Frau mit dem Fahrrad herum und schnüffelte interessiert.

Silke und Christine unterhielten sich angeregt. Andreas Schwester war freundlich neugierig, doch Silke hielt sich bedeckt. Dennoch verstanden sich die beiden und lachten viel. „Du wohnst hier, wie andere Urlaub machen.", bewunderte Christine. „Macht aber sicher auch viel Arbeit." „Wenn die Arbeit das Hobby ist, dann ist das nicht so schlimm." Die Schafe liefen am Zaun entlang und hofften auf ein paar Kräuter. Ich ging zu ihnen und legte mich auf die Weide. Die Sonne auf meinem Fell tat mir gut, denn zugegebenermaßen hatte ich doch noch ziemliche Schmerzen. Christine stieg nach dem Kaffee wieder auf ihr Rad und dankte Silke für die Einladung. „Du kannst gern wieder reinschauen, wenn du dich wieder mal verfahren hast.", lachte Silke. „Ich muss vorerst auch wieder mit dem Rad fahren." „Ach ja, dein Auto ist ja kaputt.", bemerkte

Christine. „Gibt schlimmeres.", meinte Silke.

Silke saß auf dem Zaun und sah den Schafen zu. Ich schlenderte um den Hof und war unzufrieden mit mir, weil ich in dem Fall noch keinen wirklichen Durchbruch erzielen konnte. Ein Fahrzeug holte mich aus meinen trüben Gedanken. Ich kannte den Wagen nicht und schlüpfte durch die Hortensien, um einen besseren Blick zu haben. Der Wagen hielt vor unserem Tor. Dies versetzte mich in den Aufpassermodus und ich lief bellend zum Einfahrtstor. Silke drehte sich um und kletterte vom Zaun. „Siley, AUS!", befahl sie mir und ich fügte mich, doch lief ich winselnd hin und her. Die Fahrertür wurde geöffnet und ich freute mich wie Bolle. Andreas stieg aus. Silke lächelte zaghaft. „Christine hat mich angerufen. Ich hatte nicht bedacht, dass du nun kein Auto hast, weil deins bis auf unbestimmte Zeit in der Werkstatt ist. Dies ist der Wagen eines anderen Freundes von mir, den kannst du so lange nutzen." Silke drückte auf den Toröffner und Andreas fuhr durch die langsam aufschwingenden Flügel hindurch. „Das hättest du nicht tun müssen. Ich könnte auch mit dem Schlepper fahren." Silke wusste nicht, was sie sagen sollte, offensichtlich war es ihr unangenehm. „Ich weiß, aber ich wollte es. Der Freund braucht den

Wagen nicht oft." Andreas legte den Arm um Silke, „Das ist schon ok. Ich freue mich, wenn ich dir helfen kann." Ich legte mich auf den Boden, damit er mir den Bauch kraulte. „Dir geht es schon viel besser, wie ich sehe." Andreas kniete sich hin und wuschelte mir das Fell.

„Hast du Zeit, mich zu meinem Freund zu fahren? Da steht mein Motorrad." „Ach so... Ja klar." „Ich kann auch meine Schwester anrufen, dann kann sie mich abholen." „Nein, ich fahre dich natürlich." Andreas freute sich. „Sehr schön. Mir wäre nach einem Stück Apfelkuchen in Holtgast.", zwinkerte er. „Du möchtest doch sicher auch etwas ein kleines Stück haben." Ich sprang auf und flitzte aufgeregt über den Hof. „Super...", Silke verdrehte die Augen, „Was habe ich nun noch für eine Wahl?" „Man hat immer eine Wahl...", sagte Andreas und hielt ihr den Autoschlüssel vor die Nase. „Ich ziehe mich schnell um, dann können wir los." „Bleib so wie du bist, ich mag das." „Abschließen darf ich aber noch?" „Entschuldige, ich wollte dir nicht zu nah treten."

Silke holte mein Geschirr und die kurze Leine, schloss die Tür, warf noch einen Blick auf die Schafe und stieg dann ein. Andreas fuhr und ich machte es mir in dem großen Kofferraum des roten Caddys bequem. Wir waren schnell in

Holtgast angekommen, wo sich viele Leute tummelten. Der Parkplatz war von Motorrädern gesäumt, es standen nur wenige Autos dazwischen. Andreas fand eine Parklücke und fuhr rückwärts hinein. Silke sah besorgt auf die vielen Menschen. „Ich hätte mich doch besser umgezogen." „Ach was.", tat Andreas ihre Bedenken ab, „Komm. Ich sehe da einen freien Tisch für uns." Silke leinte mich an und ich sah mich wissbegierig um, so dass Silke mich immer wieder ermahnte.

Ich saß unter dem Tisch und wartete sabbernd darauf, dass ich endlich mein Stück Kuchen bekam. Es roch überall nach Essen, von Bratwurst, Pommes, Eis, Kuchen und vielem mehr. „Was möchtest du?", fragte Andreas und reichte Silke die kleine Speisekarte rüber. „Ich nehme einen Cappuccino." „Keinen Kuchen?" „Ich muss etwas aufpassen.", knirschte Silke. Andreas lehnte sich zurück und taxierte sie. „Sehe ich anders..." Die Bedienung kam an den Tisch und Andreas bestellte. „Zwei Cappuccino und zwei Stücke gedeckten Apfelkuchen, bitte. Der Kuchen ist nur für mich.", zwinkerte er. „Mit Sahne?" „Nein, ohne bitte." Er lehnte die Ellenbogen auf den Tisch. „Ich mag keine Sahne. Bei uns zu Hause war meine Schwester die Sahneliebhaberin, das ist bis heute so." Silke sah sich um und erfreute sich an den Motorrädern. „Reizt es dich nicht doch, selbst zu fahren?" „Auf jeden Fall, aber ich bräuchte dafür wieder ein paar Fahrstunden." Andreas hob die Hand und winkte einigen Bekannten zu.

Die Bedienung brachte die Bestellung und Andreas genoss den ersten Bissen seines Kuchens. „Der ist lecker. Probiere doch mal." Er hielt ihr seine Gabel hin. „Führe mich nicht in Versuchung...", lachte Silke. „Eine Gabel voll kann doch nicht schaden." Silke nahm die Gabel, die Andreas ihr immer noch entgegenhielt und nahm sich ein kleines Stück. Andreas strahlte sie an, „Gut, oder?" Silke nickte. Ich bekam von ihr auch ein kleines Stückchen, wobei sie die Zuckerkruste vorher abmachte. Die beiden tranken ihren Cappuccino und unterhielten sich. „Darf ich fragen, wie es mit Rainer gelaufen ist? Habt Ihr euch versöhnt?" Andreas sah Silke betont entspannt an, doch ich hörte in seiner Stimme brennende Neugier. „Ja, kurz und schmerzlos. Wir sind uns einig." „Das heißt?" „Rainer und ich bleiben Freunde, so, wie wir es an sich immer waren. Alles andere war nur eine Illusion." Andreas bemühte sich, nicht zu freudig zu klingen. „Das tut mir leid." „Es wird ungewohnt sein in der nächsten Zeit. Rainer war immerhin in den letzten Monaten fast täglich da gewesen. Aber mir macht das

Alleinsein nichts aus. Ich habe ja noch Siley." Silke sprach neutral.

Mitten in dem Gemenge der Menschen sah ich den jungen Mann von den Klimaaktivisten stehen. Er sah zu uns herüber und zuckte zusammen. Ich setzte mich auf und beobachtete ihn, wie er sich um die Hausecke schlich. Meine Leine lag lose neben mir und ich schlich mich unter dem Tisch weg, um zu sehen, wohin er wohl ging. Der Typ gefiel mir von Anfang an nicht und mein Instinkt sagte mir, dass ich ihm folgen musste. Silke und Andreas hatten nicht bemerkt, dass ich mich davongeschlichen hatte. Der Mann lief durch den verwilderten Teil des Grundstücks und blickte immer wieder zurück. Ich folgte ihm geduckt und sah, wie er in eine alte baufällige Scheune, die auf dem hinteren Teil des Grundstücks stand. Absperrband war darum gespannt, unter dem der Mann sich durchbückte. Er öffnete eine Tür und verschwand darin.

Vorsichtig betrat ich die Scheune und musste mich erst an die Dunkelheit gewöhnen. Dann schlich ich weiter. Im hinteren Teil hörte ich Schritte und lief dort hin. Eine andere Tür stand offen und ich sah eine Treppe hinunter. Pfote für Pfote ging ich die Stufen runter. Als ich auf halber Höhe war, wurde oben die Tür zugeworfen. Der junge Mann hatte mich ausgetrickst und eingesperrt. Ich bellte lautstark, doch die Tür blieb zu. Mir wurde bewusst, dass Silke nicht wusste, wo ich war, und ich ärgerte mich über meine Dummheit.

„Wo ist Siley?", rief Silke und blickte unter den Tisch. Andreas sah sich um. „Er saß doch gerade noch dort." Er stand auf und lief herum. „Siley!" rief er immer wieder, doch von mir war nichts zu sehen oder hören. Silke fragte andere Gäste, niemand hatte mich bemerkt. „Wo ist er nur? Ich muss ihn finden." In Silkes Stimme schwang eine Mischung aus Angst und Sorge mit. „Geh du rechts um das Gasthaus, ich gehe linksherum." Andreas drückte Silke den Arm. „Wir finden ihn." Silke lief suchend umher, rief immer wieder meinen Namen und lauschte. Andreas tat es ihr gleich, er suchte auch den verwilderten Bereich ab. Hinter dem Gasthaus trafen die beiden wieder aufeinander. „Er ist nirgends." „Siley muss hier sein.", sagte Silke sicher, „Er läuft nicht einfach so weg." Andreas wies auf die Scheune. „Warst du da schon?" „Nein. Da ist abgesperrt." „Los, wir gehen rein."

Andreas zog an der schweren Scheunentür und war erstaunt, wie leicht sie sich öffnen ließ. „Die ist frisch geölt.", stellte er fest. Silke zog die andere Hälfte auf und rief wieder meinen Namen. „Schau mal..." Andreas deutete auf eine Plane. „Da drunter steht ein Wagen." Die Reifen waren deutlich zu erkennen und Andreas zog die Plane von dem Auto. „Das glaube ich jetzt nicht..." Silke stand mit großen Augen vor dem aufgedeckten Fahrzeug. „Das ist der Kastenwagen. Die Blume, ich kann mich genau daran erinnern." Andreas ging um den Wagen herum. „Hier vorne ist der Lack abgesplittert und er ist stark beschädigt." „Ich rufe Marc an." Silke zückte ihr Smartphone. „Er ist gleich da." Andreas nickte und sah sich weiter um. „Wartest du hier auf den Kommissar? Ich muss weiter Siley suchen." „Ich hole schnell einen Kumpel, der hier warten soll. Du suchst nicht allein." Andreas hielt Silke am Arm, „Ich bin gleich wieder da." Er rannte los und kam mit seinem Bekannten wieder, den er kurz in Kenntnis setzte. „Geht, sucht den Hund.", sagte dieser.

14

In meinem Kellergefängnis saß ich im Dunkeln. Ich hörte leise Motorengeräusche, sonst nichts. Mit den Pfoten kratzte ich an der Holztür und bellte in den Kratzpausen immer wieder. Die Luft war stickig und ich hechelte stark. Doch ich bellte weiter. Irgendwer musste mich doch hören. Meine Pfoten schmerzten vom Kratzen und mein Bellen wurde langsam heiser. Ich hatte keinerlei Zeitgefühl mehr und sehnte mich nach Silke. Meine Kräfte verließen mich langsam und ich bellte nur noch selten. Silke würde sicher sehr böse mit mir sein und mit mir schimpfen, weil ich, zum ersten Mal, einfach weggelaufen war, aber dennoch wollte ich nur noch zu ihr.

„Wir suchen nun schon über eine Stunde." Silke gab nicht auf, wusste aber langsam nicht mehr weiter. Marc hatte den weißen Kastenwagen seinen Kollegen überlassen, die ihn auf Spuren untersuchten. „Wie habt Ihr den Wagen überhaupt entdeckt?", fragte er. „Auf der Suche nach Siley sind wir vorbeigekommen und das Scheunentor stand einen Spalt weit auf." „Also hat Siley euch gewissermaßen hierhergeführt.", notierte sich der Kommissar. „Nur ist mein kleiner Kerl immer noch verschwunden." Silke ließ den Kopf hängen. „Ich weiß nicht mehr, wo ich noch suchen soll." Andreas zog Silke am Ärmel. „Was ist mit dem heruntergekommen Teil der Scheune, da ganz hinten?" In Silkes Augen glomm Hoffnung auf. Sie rannte los und Andreas folgte ihr.

In der Ferne meinte ich Silke meinen Namen rufen zu hören und spitzte die Ohren. Täuschte ich mich oder rief sie wirklich nach mir? Ich quälte mich aus meiner unbequemen Position hoch und fing wieder an zu bellen, es klang mehr wie ein Krächzen, aber ich hörte nicht auf damit. Endlich hatte ich Erfolg, die Tür ging einen Spalt breit auf. Ich sah erfreut in das Licht, doch vor mir stand der junge Mann. „Du dämlicher Köter!", zischte er mich an, „Du hast mir die Polizei auf den Hals gehetzt. Deinetwegen komme ich hier nun nicht weg." Ich versuchte meine Nase durch den Spalt zu schieben, aber der Mann griff nach meiner Schnauze. „Hör auf, zu bellen.", flüsterte in scharfem Ton, „Ich werde dir helfen, du Mistköter!" Ich schnappte nach der Hand, die meine Schnauze packen wollte und biss so fest ich konnte zu. „AAAAHHH!", schrie der Typ auf und riss seine Hand nach oben und trat etwas nach hinten. Mit der Nase konnte ich die Tür so weit aufschieben, dass ich mich hindurchquetschen konnte. Ich jaulte, da meine Prellungen an der Tür entlang scheuerten. Der Mann sah, dass ich fast aus der Tür war und ich konnte gerade noch seinem Tritt ausweichen. Die frische Luft mobilisierte meine Kräfte und nun kam in mir eine böse Wut hoch. „Pass bloß auf.", drohte mir der Mann. „Wärest du gestern doch nur in der Jümme ersoffen." In seinen Augen war blanker Hass, die meine Wut noch steigerte. Ich stand knurrend und mit aufgestelltem Nackenhaar vor ihm. Wieder trat er nach mir, doch ich hatte so viel Adrenalin in meinen Adern, dass ich wie eine Sprungfeder um den Typen herumspring.

„SILEYYYY!" Silkes Stimme klang nun näher und ich bellte, ohne dabei den jungen Klimaaktivisten aus den Augen zu lassen. „Andreas, da vorne!", hörte ich Silke und dann näherten sich Schritte. „Scheiße!", gab der Mörder von Thomas Achtermann von sich und wollte wegrennen. Ich überlegte nur kurz, da er in Richtung Gleise davonrannte, sprintete dann hinter ihm her und packte sein Hosenbein. „Verschwinde!", rief er und schüttelte das Bein. Ich hielt ihn fest und riss mit einem Ruck nach hinten. Der Klimaaktivist verlor das Gleichgewicht und fiel nach vorn. Es war schon fast Rage, die mich dazu brachte, mich auf den vor mir liegenden Mann zu stürzen. Ich geiferte und wollte gerade meine Zähne in seinen Körper versenken, weil er Silke und mich hatte umbringen wollen, als ein leises „Siley... Nein... Tu das nicht..." mich davon abhielt. Silke stand direkt hinter mir und hatte die Arme geöffnet. „Komm zu mir." Das weiße in meinen Augen hatte dem jungen Mann Angst gemacht und wimmerte am Boden. „Komm....", sagte Silke wieder und ich knurrte noch einmal, bevor ich mich in Silkes Arme kuschelte. Ich zitterte noch und um meine Schnauze war weißer Schaum.

Andreas hielt den Klimaaktivisten in Schach. „Du Heuchler!" Er war genauso wütend wie ich es gewesen war. Er bebte vor Wut. „Andreas... tu das nicht... bitte...", Silke sprach nun mit ihm, wie zuvor mit mir. „Er ist es nicht wert."   „Unschuldige   Menschen umbringen, im Namen des Klimas." Er fing an zu schluchzen und Silke nahm ihn in den Arm. Marc kam im gleichen Moment um die Ecke und blieb wie angewurzelt stehen. Silke zeigte auf den immer noch am Boden liegenden Mann. „Er ist unser Täter." Der Kommissar   verhaftete   den Klimaaktivisten. „Ich hätte gestern besser voll draufgehalten und euch direkt in die Jümme geschoben.", gab er von sich. Silke trat nah an ihn heran. „Warum hast du es auf unschuldige Menschen abgesehen?" „Unschuldig?", er lachte hämisch, „Motorradfahrer vernichten unsere Umwelt. Sie fahren rein zum Spaß herum." „Und das gibt dir das Recht, sie umzubringen?" „Sie haben es nicht besser verdient. Klimaschutz bedarf drastischer Maßnahmen." Andreas baute sich vor ihm auf. „Mein Freund hat sich für Ökostrom stark gemacht und privat Müll gesammelt. Dein einziger Einsatz scheint protestieren zu sein. Das ist lächerlich." Der junge Klimaaktivist verstummte. Andreas nahm Silke bei der Hand und wollte gehen, drehte sich aber noch einmal um. „Übrigens... wir fahren E-Motorräder. Die verlieren kein Motoröl wie dein alter gammeliger Kastenwagen." Dem Mann fiel die Kinnlade herunter. „Ja, das staunst du. Du hast ja nun genügend Zeit, darüber nachzudenken, im Gefängnis. Aber eins möchte ich gern noch wissen... Wieso hast du es auf meinen Club angesehen, wieso Mitglieder des MCG?" Marc sah den Mann in Handschellen gespannt an. „Die meisten, die hierherkommen, um in Holtgast einzukehren, kommen in Gruppen. Ich habe mir Einzelfahrer rausgesucht." „Es war also reiner Zufall?" Andreas schüttelte fassungslos den Kopf. „Ja... außer bei der da und ihrem Köter. Ich habe sie von hier aus beobachtet und sie drohten, mir auf die Schliche zu kommen." Er warf uns einen hasserfüllten Blick zu. „Sie haben uns ihre Motive klar erläutert, da wird die Anklage keine Probleme haben. Der Staatsanwaltschaft wird sich freuen." Marc griff fest zu und führte den jungen

Mann ab, der erst jetzt seine Lage zu begreifen schien und den Kopf hängen ließ.

„Möchtet Ihr noch ein Stück Kuchen?" Hinter uns stand die Frau, die uns vorhin bedient hatte. „Was meinst du?" Andreas sah auf Silke herunter. „Ich nehme eins. Und noch eins für Siley." Wir folgten der Frau und setzten uns. Es herrschte noch immer reges Treiben und keiner schien etwas von dem Geschehen hinter dem Gasthaus bemerkt zu haben. Eine andere Frau brachte uns Kuchen und noch Cappuccino. „Das geht aufs Haus." Silke sah sie fragend an. „Es tut mir leid, dass sie so viele Unannehmlichkeiten hatten. Ich möchte Ihnen versichern, dass wir nichts damit zu hatten. Der junge Mann war recht oft hier, hat meistens eine Limonade getrunken und sich die Motorräder angesehen. Hier kommen durchaus Leute her, die nur aus Interesse an den Maschinen einkehren. Ich hätte niemals gedacht, dass er aus niederen Motiven hier war und schlimmer noch, dass seinen Wagen in der alten Scheune versteckt hatte. Wir wollten diese schon längst abgerissen haben." „Machen Sie sich keine Gedanken. Der junge Mann hat gestanden und er war Einzeltäter. Außerdem, warum sollten Sie sich selbst das Geschäft dieses wunderbaren Treffpunkts kaputt machen?" Die Betreiberin sah Andreas dankbar an. „Wir waren bisher von Unfällen ausgegangen, das war auch Thema unter unseren Gästen, aber nun hörte ich von Herrn Rohloff, dass es sich um einen Mord und einen Mordversuch gehandelt hat. Furchtbar." „Klimaschutz ist wichtig, keine Frage, aber nicht auf diese Art und Weise." „Ihren köstlichen Apfelkuchen werde ich auch in Zukunft weiterempfehlen.", sagte Andreas. Die Frau errötete leicht und ging wieder ihrer Arbeit nach.

„Arme Frau... Sie musste Angst um ihre Existenz haben. Dabei hatte sie überhaupt nichts damit zu tun." Silke sah ihr nach und teilte mir meinen Apfelkuchen, bevor sie ihn mir hinstellte. „Wir beide haben auch noch ein Wörtchen zu reden.", sagte sie dabei. Ich blickte unschuldig nach oben, wusste aber, dass ich noch eine Standpauke bekommen würde, dass ich weggelaufen war. „Lass es dir schmecken, du hast es dir verdient." „Ich bin sehr erleichtert, dass der Tod von Thomas aufgeklärt ist. Danke, dass Ihr euch des Falles angenommen habt. Wobei... Ihr habt viel riskiert.", Andreas sah Silke ernst an. „Ist das immer so aufregend mit euch beiden?" Silke lachte, „Wenn du mich fragst, dann sind wir eher ländliche Langweiler." „Da hat mir Christian aber etwas anderes erzählt.", schmunzelte Andreas.

Am Abend saßen Silke und ich allein auf dem Sofa. „Ich glaube, das Alleinsein wird uns guttun." Silke sah zufrieden aus und ich schmiegte mich an sie. „Die Standpauke verschieben wir auf morgen.", entschied Silke und kraulte mich. „Was hälst du eigentlich von Andreas?" Silke sah mich an. Ich gab gurrende Wohlfühlgeräusche von mir. „Dachte ich mir..." Silke hatte ihr Handy zu Hand genommen, entsperrte es, um es dann doch wieder wegzulegen. Dies tat sie mehrere Male. Plötzlich klingelte ihr Handy. Sie zögerte, nahm das Gespräch dann aber doch an. „Silke hier..." Es war Andreas. An Silkes Gesicht konnte ich die Freude deutlich erkennen. „Ich denke nicht, dass Siley etwas dagegen hat." Dann legte sie auf. „Andreas möchte gleich nochmal kurz vorbeikommen. Ich erhob mich und ging zum langen Küchenfenster, von wo aus ich das Einfahrtstor sehen konnte. Das Motorrad fuhr vor und ich rannte durch die Tenne zum Tor. Silke kam betont langsam hinterher, doch sie war aufgeregt. „Ich habe etwas für dich.", sprach Andreas mich an. Silke ließ ihn auf den Hof fahren und er griff in seine Tasche und zog einen riesigen Kauknochen heraus. „Das ist aber lieb von dir." „Den hat er sich redlich verdient. Er hat uns doch indirekt zu dem Kastenwagen geführt und am Ende hat er den Mörder gestellt. Ich war vorhin an dem Baum von Thomas und habe es ihm erzählt. Jürgen ist auch erleichtert, er kommt Montag aus dem Krankenhaus." „Möchtest du reinkommen?" Silke hatte die Hand auf seinen Arm gelegt. „Nur, wenn ich euch nicht störe." Silke lächelte ihn an und schüttelte den Kopf. „Für dich habe ich auch etwas." „Du hast schon genug für mich getan.", wehrte Silke ab. „Warte, bis du es siehst..." Andreas wühlte in seiner Packtasche und zog eine Teekanne aus Emaille heraus. „Ich dachte, sie gefällt dir vielleicht." „Die ist ja wunderschön. So eine wollte ich schon lange haben." Silke umarmte Andreas zum Dank. „Puh... Glück gehabt." Er legte den Arm um Silke und sie gingen ins Haus. Ich blieb draußen und knabberte an meinem Kauknochen.

Epilog

Umweltschutz ist wichtig. Meine wilden Brüder und Schwestern in der Natur haben es nicht verdient, dass Müll achtlos herumgeworfen und zurückgelassen wird. Menschen, die sich dafür einsetzen, dass die Umwelt geschützt und bewahrt wird, sind für mich Helden. Umweltschutz ist auch ein Beitrag für die Rettung unseres Klimas und, wenn jeder nur ein wenig mitmacht, dann kann Großes bewegt werden.

Vorwürfe und Hass sind keine Helfer bei der Entlastung unserer Mutter Erde, wir alle haben dazu beigetragen, dass das Klima und die Umwelt leidet, das bringt unser Wohlstand leider so mit sich. Gemeinsam erreicht man aber mehr, als sich gegenseitig zu bekämpfen.

In diesem Sinne grüßt Euch

Siley

Tod im friedlichen Roggenmoor

Print: ISBN 9783757879372
E-Book: ISBN 9783756882571

Tod im ländlichen Vreschen-Bokel

Print: ISBN 9783757814939
E-Book: ISBN 9783757842529

Tod an der Bokeler Brücke

Print: ISBN 9783752825953
E-Book: ISBN 9783757873370

Tod im beschaulichen Augustfehn

Print: ISBN 9783756800148
E-Book: ISBN 9783756830220

Tod im Aper Tief

Print: ISBN 9783754349410
E-Book: ISBN 9783756846528

Krebs sei Dank

Print: ISBN 9783751997096
E-Book: ISBN 9783752632989